塵封之謎

THE DUSTY PUZZLES

葉桑——著

目次

第一章　溪畔骷髏　006
第二章　夏日的蓓蕾　024
第三章　朦朧青春夜　037
第四章　影不隨形　048
第五章　寫給媽咪 and 爹地的小詩　061
第六章　亂雲流水一段情　072
第七章　彩虹煙火　087
第八章　巨棺　097

第九章　不是密室的密室　106
第十章　灰姑娘之死　120
第十一章　小小小目擊者　136
第十二章　曙光　150
第十三章　殺人犯的半自白　163
第十四章　終點站快到了　178
第十五章　來自哈爾濱的一封信　198
第十六章　人生不只中秋月　209

思啊思想起……
思想起過去的飛夢天涯，思想起曾經的在水一方。
思想起……快樂的事，思想起……悲傷的事。
思來想去，不是陳年老掉牙的往事，
就是一些芝麻蒜皮的生活瑣事，或是天馬行空的奇幻故事。
葉威廉忽然發現自己是個無情的人，也許是看淡、看清、看開，
一種海闊天空的悠遠綿長。一種豁然明朗的幸福！
看過巫山雲，也看過陋巷的天空之美。
愛過夏日冬雪，自然歡喜春花秋月。
多少次，葉威廉夢見自己死了。醒來之後，感覺好笑。
回首人生，也不過如此。聚少離多，悲歡交織。
想見的人、見不到，想做的、一事無成。不如沉沉入夢，永不見人間。

第一章　溪畔骷髏

一九九五年四月

陳皓的右手按著窗，瞇著眼眺望遠處的山坡和湖畔的松林。那景色使他不由得想起上個月的杭州行，走在煙柳蘇堤之上，欣賞水霧輕掩的小橋涼亭。劃破湖面的舴艋舟，水光波影，彷彿從雲天深處墜下來的雷峰塔……。初夏的日光柔和地從他的左側漂流過來，將耳朵、肩膀和腰身勾出溫柔的金彩。投映在地板上的影子亦如稀釋過的墨痕，朦朧而飄逸。

「喂！你在想什麼？」葉威廉打斷他的遐思，說：「這次又發生了什麼讓你煩惱的大案件？」

陳皓轉過頭來，望著坐在書桌旁的老朋友。眼前這位協助警方破案無數的葉威廉，整個人宛如寶殿之中的金身菩薩，充滿智慧。

葉威廉今年三十五歲，不過看起來比實際年齡蒼老些。這一點，陳皓剛好相反，他三十歲，然而每個人都以為他只有二十三、四歲。他們兩人因為一樁「校園命案」而認識。葉威廉是個博學聰明的人，懂得七國語言，不但自己經營翻譯社，同時也固定為J雜誌社翻譯世界各國的推理名著。有時候也會提筆，寫寫自己破案的經歷。

陳皓每當遇到解不開的謀殺計算題時，總是會來找葉威廉。也因為葉威廉喜歡動動腦，所以「葉氏翻譯社」的大門永遠為陳皓開著。至於陳皓，在初識之人的眼中除了「帥」之外，還是「帥」，除了「吃」之外，只會「吃」。會留下那種印象，是因為和葉威廉做比較，其實他在解謎和破案上，還是有一、兩把刷子。

「我們發現了一具縮水的骷髏。」

「縮水的骷髏，好吸引人的形容詞，簡直就像是推理小說的書名。」

「一個星期以前，幾個大學生在南崁溪做地質研究時，發現了一堆白骨。在他們準備報警之前，做了一番觀察和分析。哦！我忘了告訴你，他們是考古系的學生。」陳皓的聲音稍微停頓，再說：「他們從頭顱骨、骨盆和一些骨片的狀態，還有手長、腳長和手寬腳寬來推定死者的高度大約一百四十多公分，所以他們鑑定死者可能是個少年。」

一九八五年六月

夏天來了，韶華知道今年的暑假和以前的暑假將有所不同，或者說再也不會有暑假。她剛從中壢國中畢業，因故無法升學，前途茫茫。

陽光的大舌頭伸得長長地，把整個地球舔得像個欲溶欲滴的冰淇淋。遠遠近近的建築物在一片光芒下，顯得模糊不清。風的感覺只是那微微抖動的樹葉。

韶華走出家門，在街角處等公車。心浮氣躁地不斷翻弄印著米老鼠圖案的揹袋，再度取出那張已經不知看了第幾次的通知單——台端應徵本公司作業員，經審核通過後錄取，請於本月十五日下午三點整，至本公司面談。那些字就像西瓜片上的種子，凌凌亂亂的希望。

公車終於來了，韶華把學生票交給司機先生。

「卡！」

數一數，只剩下十幾格而已。剎那間，那些考試、班會、壁報以及老師和同學的臉似乎變成飄在遙遠天邊的浮雲。

韶華在中壢工業區的門口下車。由於工業區只開發一部分，因此道路兩旁都是黃色的泥土和齊腰的野草。或遠或近、蓋好的、或蓋到一半的廠房處處可見。走了約十分鐘，才遠遠看到「台灣松本製藥廠」的招牌。那是一家剛成立的日本藥廠，因為風評不錯，韶華便寄履歷表去應徵。

到達藥廠門口，她把通知單拿給守衛看，然後按照他的指示到會議室。此時的心情，就像媽媽最愛唱的那首歌〈孤女的願望〉裡頭的歌詞，為了將來到工廠當女工。

會議室內已經有十幾個，或坐或站，都是年紀看起來和韶華差不多的女孩子。大家都穿著一般日常的衣服，不過其中一個獨自站在角落、打扮特別成熟時髦，引起韶華注意。

不久，有個高高胖胖的男人走進來。他一個一個點名，點到名字的女孩，就跟他走進另一間辦公室。輪到韶華的時候，原本不緊張的心情開始感到一絲絲不安。

一進去就被安排坐在桌前的硬椅子，前人留下來的體溫，坐起來很不舒服。韶華聽媽媽說，這樣子很容易得痔瘡，不知真假。可是沒辦法，她動也不敢動地坐著。問話的人始終低著頭，所以看不清他的面孔。不過，假如面對面，韶華想自己也不敢看他。

「妳叫李韶華？」

「是的！」

「為什麼不再升學？」

「我……」韶華真的不知道如何回答。

「是不是功課不好，考不取？」

「才不是呢！」韶華喃喃回答，早知道就把畢業成績單帶過來，自己可是排在全班五名以內。

「妳在學校唸的是放牛班，對不對？」

「才不是呢！」韶華鼓起勇氣反駁，說：「我在學校唸的是職訓班。」

「那還不是一樣，反正都是在混，對了！妳以前有沒有混太妹？」

韶華用力地搖頭，繼續忍受他的羞辱。

「不過，妳看起來乖乖的，不像是混太妹。」

韶華用眼角偷看他一眼，只看到一排暴牙，把上嘴唇撐到鼻孔上去。哼！噁心的大暴牙。

「對了！妳想不想再考高中？」

韶華在心中大吼：我當然要考高中，而且要考大學，並且要讀到博士，然後做一個桃李滿天下的老師。

大暴牙看韶華不回答，就再問一遍。

韶華不能據實以告，因為怕他會笑自己痴人說夢，但又不能不答，就說：「我會考夜間部，半工半讀完成學業。」

大暴牙露出欽佩的眼神，但一下子又恢復原來的不信任和輕視，韶華祈求上蒼快點結束這精神上的酷刑。因為圈圍在暴牙四周的厚唇，像極了在水中飄浮的棘皮動物。而那截不定時地從暴牙之間吐露出來的舌頭，彷彿在和自己的眼睛說——一、二、三，木頭人。有時候玩累了，它就會在上下唇做一個順時鐘的擦拭動作，然後躲到口腔裡去休息。

「妳有沒有男朋友？」

韶華又用力地搖頭，不敢看他的臉，可是感覺到他的暴牙正在咬自己……。

「妳很漂亮，應該不會沒有男朋友。」他邊看韶華的履歷表，邊自言自語：「標準身高，標準體重，加上漂亮的臉蛋，可以當模特兒喔。」

韶華低著頭，聽到他在吞口水，然後又聽到：「妳有沒有被愛撫的經驗？」

「什麼？」韶華聽不懂他在說什麼，於是大聲問道。

「我的意思是說，雖然妳說妳沒有男朋友，但並不表示妳沒有那個的經驗？」韶華還是無法理解，大暴牙似乎怕被旁人聽見，瞇著眼睛，低聲問：「坦白說，妳是不是處女？」

天哪！這個男人不只是噁心，簡值是變態，而且是變態加三級。韶華反射性地站起來，抓起米老鼠揹袋，掉頭就走。

「妳等一等……等一等嘛！」大暴牙忽然著急起來，趕緊堵住韶華的去路。

「請你放尊重一點。」韶華好害怕，害怕對方會撲過來。

「小妹妹，我只是依照公司規定發問。因為上面怕妳們未婚懷孕。我只是多說些開玩笑的話，不要生氣嘛！」大暴牙哀求地說。

可怕的大暴牙忽然失去了邪惡的力量，看起來也不過是個做錯事的小男人。大暴牙不斷重覆剛剛說過的話，誠懇而急促的語氣，彷彿韶華不相信的話，他就會立刻結束自己的生命。

他可能察覺到韶華逐漸緩和的情緒，就說：「妳錄取了，馬上就可以上班。」

眾人面試完畢之後，包括韶華和那個打扮成熟時髦的女孩，當場錄取五名。大暴牙便開始點名和分配工作，有人分發到倉庫，有人分發到包裝部，有人分發到藥品調製室。韶華和那個穿著成熟時髦的女孩，視力最好，就被分發到藥品檢查室。

說真的，什麼叫做藥品檢查室，要做什麼樣的工作，韶華一點都不清楚。但是她才不管，不是有句話說——船到橋頭自然直嗎？韶華在大暴牙點名時，聽到那個穿著成熟時髦的女孩好像叫做許淑芬。

看起來拒人於千里之外的許淑芬其實是個很活潑的女孩子，小小厚厚的嘴唇在粉圓紅潤的臉龐下方，洋溢著青春的氣息。韶華的眼睛是細長的丹鳳眼，許淑芬的是又大又亮的杏仁眼。當韶華注視著她時，她也注視著韶華……。

「妳是李韶華？」許淑芬用羨慕的口氣，說：「妳又瘦又高，身材好好喔！」

韶華知道自己很高，但覺得自己還不夠瘦。被許淑芬這麼一說，注意到看來只比自己矮幾公分的對方其實穿了雙很厚、很厚的鞋子。不過許淑芬真的很漂亮，雖然拜化妝術之賜，但依然看得出麗質天生的容顏。

「是的，我是李韶華。妳是許淑芬？」

「不是。」

「可是……？」

「那個名字好俗氣，我不喜歡，妳叫我莎蜜，莎拉的莎，甜蜜的蜜。」

「好美的名字，誰替妳取的？」

許淑芬，不，莎蜜有些洋洋得意，說：「我自己取的。對了，李韶華，妳看過莎拉公主[1]那部漫畫嗎？」

1 英國作家法蘭西絲・霍森・柏納特所創作的小說，以十九世紀的英國倫敦為背景，講述一位身分為富家千金卻有著保持著「公主」之風度的少女在寄宿學校中面對變故和遭受欺凌的經歷，卻擁有善待別人的樂觀之心與堅強的意志來度過逆境的故事。

「沒有，不過我看過卡通，還有真人演的電視劇。我好喜歡莎拉公主喔！她好善良，而且又好漂亮。」

「真的嗎？我也是。」莎蜜的眼珠子滴溜溜、閃亮亮地轉，很俏皮、又帶點自戀地說：「所以我就取了莎蜜這個名字，因為我就是甜蜜的莎拉。」

「帥啦！」

「不過，妳不要告訴別人。以前，我告訴我的死黨，她就到處說，害我亂沒面子的。」

兩個女孩子聊了一陣子，大暴牙就帶她們去藥品檢查室。到了門口，他往裡面探探頭。表示裡面機器裝置還沒弄好，要她們再等一下，然後自己就走開了。

「李韶華，妳是不是中壢國中畢業的？」

「是的。」

「應屆畢業生嗎？」

「是的。」

「我是前年畢業的。妳為什麼不繼續升學？看妳就是個乖學生。」

韶華一陣委曲，無言以對，感覺到眼眶有一點點熱。

「唉呀！觸到妳的傷心處。」善解人意的莎蜜拉起韶華的手，連聲道歉，然後又說了幾個笑話逗她開心。

她們站的地方離倉庫不遠，幾個男孩子在搬東西。他們看見兩個新來的女孩子就指指點點地說起話來，莎蜜很大方地跟他們微笑點頭。韶華好羨慕莎蜜的親和力，能夠在短短的時間裡，和陌生人打成一片。一群男孩和莎蜜講話的內容和音量驚動了原先帶她們兩人來的大暴牙，就急急忙忙把韶華和莎蜜趕入藥品檢查室裡面。

所謂藥品檢查室，其實就是一間烏七八黑的房間。檢查員坐在特殊的燈光前，將那些從輸送帶輸送過來的藥品，一瓶一瓶地挑出來，仔細地觀察裡面是不是有異物質。因為這些藥品都是注射液，絕對不能含有異物質。她們挑出不良品，讓良品再接受儀器的檢查，然後才送去包裝。因為工作屬性，檢查員一律是年輕女孩。

後來韶華才知道，那些女孩子都是來自花蓮的原住民。工廠的人事課長特地跑去當地學校，拜託校長或老師介紹，有男有女，然後帶來工廠做工，供吃供住，晚上再去附近的啟英中學讀夜校。韶華原本就計畫要繼續升學，所以她們是未來的學姊。今天，韶華和莎蜜剛來，所以只是練習。

韶華從來沒想到自己會在這種「不見天日」的地方工作。在黑暗中，她幻想自己是幼稚園的老師，就像那一部好看的電影，女主角帶領著一群可愛的小孩，在美麗的草坪上，又唱又跳。溫柔的陽光是首金色的歌，輕風是透明的舞鞋，韶華穿著它，越過綠野、溪谷、草原，還有海洋。

「韶華，不是那樣檢查，是這樣才對。」有人打斷了韶華的幻想，原來是負責管理藥品檢查室的施組長來糾正她的錯誤。因為帶她們來的大暴牙介紹過她，所以韶華知道。

施組長是個很漂亮的小姐，講話輕聲細語。韶華一眼看到她，就很喜歡她。她拿來兩瓶藥給韶華和莎蜜，說：「這是維他命，要常常吃，對眼睛很有幫助。這是公司體諒我們每天檢查藥品，極費眼神，免費供應。」

哇！維他命耶！

韶華以前聽老師說，維他命對人類的健康太重要了。沒有它，就會得什麼腳氣病，牙齒會流血，晚上看不到東西，太可怕了。所以說，維他命一定是很貴很貴的東西，韶華決定好好珍惜，並帶回家去給媽媽吃。

在黑暗中，有人問莎蜜的身家背景，除了韶華本來就知道的之外，現在多知道了她曾經唸了兩年高中，實在不愛唸書，就辦了休學，出來找工作。韶華的直覺，莎蜜似乎有所隱瞞。但那是理所當然，誰會那麼三八，見面不到十分鐘，就把祖宗八代說給別人聽。有人也問韶華，她有問必答。但是，她們對單純乖巧的女孩完全沒什麼興趣，大部份把箭頭指向莎蜜。藥品檢查室裡，韶華算了一算，除了施組長之外，共有八個女孩子。聽說工廠的人暱稱她們「八珍幫」，開玩笑的成分居多，因為「八珍」雖然是藥帖，其實還有三三八八的意思。如今加入韶華和莎蜜，就變成一帖「十全大補湯」。

休息時間，有人問：「妳們是誰面試的？」

莎蜜搶著回答，說：「長得很高的色暴龍！」

韶華真的服了莎蜜的想像力，大暴牙被說成暴龍，真是太厲害了。這下子，整個檢驗室變成大蜂窩了，大家爭先恐後地發問，發生了什麼事情。

莎蜜在開口說之前，先吃吃地笑了幾分鐘，吊足了大家的胃口，才說：「那個色暴龍假正經地問了幾個問題之後，就問我的胸圍有多大，我說你問這個幹什麼？他說要量尺寸、訂做制服。我就說34 E啦！他說有這麼大嗎？我說不信的話可以拿尺來量，然後我就慢慢解開外衣的扣子，其實我裡面還有穿一件衣服。結果他好像被電住了，全身一直發抖，還有那雙眼睛，裡面都是圈圈……」講到這裡，全檢查室的女孩都笑翻了。

「最好笑的就是，他那口大暴牙，被口水沾得閃閃發光，牙縫還夾著一片菜渣，然後一直用舌頭去捲。好好笑喔！我說你怎麼不去拿尺呢？他才說不用了，用看的就可以了。」

大家火力轉向韶華，但是韶華死也不肯說。眼見大家不放過，莎蜜就出面解圍，說：「人家國中剛畢業，大暴牙再色也不會欺侮她這個幼齒。」

「難講喔！他連八十歲的老祖母都敢吃豆腐！」

「不過，他是有色無膽，只會挑軟柿子吃，遇到莎蜜這種狠角色就沒輒了。」

「我說句公道話，你們說的大暴牙。他是我表哥『宣修文』，他其實很老實的。他問妳們的話其實都是公司規定要問。這是他第一次面試現場作業員，可能是他的主管看他老實可欺，故意給他錯誤示範，他信以為真，所以鬧了笑話。」

「我想也是，『宣修文』應該不是那種人。其實在我們工廠裡，真正的超級大色狼是他的主管。」

「小蓮，妳又在亂說話了。」不知何時，施組長出現在大家的背後，於是又恢復了寧靜。

缺乏經驗的韶華，動作比較慢，所以施組長就過來幫忙。她把注射液一翻，對著反光板，很快就看出白色的纖維和黑色的異物質。由於檢查藥液必須對著燈光，所以施組長的臉就像剛從水裡撈出來似的，瑩瑩發亮，方才沒有看見的細紋就無情地暴露出來。

施組長那雙專注而半垂的眼睛，韶華感覺到自己就是映在眼球上的小人。不由得緊握雙拳，必須要用盡吃奶的力量，才能夠把那兩片眼皮撐上去，跨出眼眶逃出來，不然準會被關進宇宙最憂傷的地方。但是不可否認，她是個漂亮的女士。不僅是來自成熟的魅力，還有智慧和從容平靜的態度。讓人聯想到本土劇中的苦命女主角，既為她擔心，也為她感到憐惜，並且激賞她在命運舞台上出色的演出。

「可以了嗎？韶華。」施組長知道韶華在窺視她，淺淺一笑。韶華對於剛才的自編自導有些不好意思，只能用點頭表示可以、沒問題。

當施組長有事離開檢查室時，莎蜜就低聲問小蓮，說：「我們施組長不但人長得漂亮，也很溫柔。她叫什麼名字？」

「施美凝，她不喜歡我們叫她組長，所以我們都叫她美凝姐。人家可是大學畢業的呢！」

「難怪看起來，那麼有氣質。」

「漂亮有什麼用，溫柔有什麼用，氣質有什麼用。俗語說人美命不美，一點都不錯。組長離過婚，聽說受不了丈夫的虐待。」

「不是這樣啦！施組長是個厲害角色，她看不起她那只有高中畢業的丈夫，主動提出離婚的。」有人提出不同的看法。

「有小孩嗎？」

「小女孩，讀幼稚園，美凝姐自己帶。」

「好可憐……」

「還好因為學歷好、又很認真，所以才升上組長。這在重男輕女的日本工廠是很不容易的喔！」

「才不是這樣，我們藥品檢查室都是女孩子，如果組長是男的，不是很奇怪嗎？」

「施組長看起來很年輕，可是打扮卻很老氣。」

「其實她快三十歲了，也不知道她怎麼保養，皮膚又白又細，身材雖然有些胖，卻是男人喜歡的那種肉肉的感覺。」

「妳又知道了，人小鬼大。」

在黑暗中，美凝姐的笑容在韶華的眼膜上一明一滅，彷彿鬼月的時候，漂流在河面上的紙燈。事實上，一個年輕單親媽媽對於韶華這樣年紀的女孩而言，除了拷貝自電視連續劇的某些情節之外，實在是毫無真實感可言。

一個禮拜過去，韶華已經適應了工作環境。她家住中壢，所以每天搭工廠的交通車上下班。這天，莎蜜告訴韶華，宿舍的男生為了要表示歡迎新加入的娘子軍，特別舉辦月光晚會。童心未泯的韶華很喜歡參加這種活動，就到守衛室外的公共電話打電話，跟媽媽說要晚一點回家，然後很高興地跟著莎蜜到女生宿舍準備。

晚會的地點是在工廠後面的草坪。去了之後，才發現時間有點早。別的女孩都是人家三請四請，而且打扮得水噹噹，好淑女，一點也看不出來會在生產線上用粗話罵人的樣子。

剛開始的時候，韶華和莎蜜都很端莊優雅。可是當大家唱起歌來，兩人心神投入，便和大家融成一片。鳳飛飛的歌、甄妮的歌、鄧麗君的歌一首接著一首……。耍帥的男孩唱劉文正的歌、野性的男孩唱高凌風的歌、洋派的男孩唱湯姆瓊斯的〈迪萊娜〉、三八的男孩學崔苔菁扭腰擺臀唱〈愛神〉。歌聲把天上的星星震得一閃一閃的。月亮在藍色的光暈中，顯得很愉快，和韶華的心情相同。

韶華忽然發現有雙眼睛灼灼地注視著自己，眼睛的主人是個削瘦修長的男孩子。他留著中分頭，頭髮很長，幾乎垂到下巴。除了那些遙不可及的偶像歌星之外，他是她見過最漂亮的男孩。本來韶華以為自己只是他視線掃描過的一點，沒想到這一點卻是焦點，因此她的體溫急速上升到快接近燃點了。不行！不可以這樣子，但是目光完全不受控制地一直回應對方的眼睛。

除了那雙耐人尋味的眼睛外，他有著象徵理性和智慧的嘴唇，還有細緻優美的眉毛和古裝漫畫中常見的懸膽鼻。他因為韶華的回眸而露出喜色，跟他的同伴說了幾句話，然後筆直走過來。韶華的心跳加快起來……。有個念頭閃過她的腦海，說不定是自作多情，因為他的目標可能是莎蜜。於是，心跳恢復正常。同時把頭垂下來，檢查自己的指甲，假裝自己剛才不小心弄髒了手。

「請問，妳是李韶華嗎？」

「什麼？」男孩看起來好高，好像在雲端。韶華不自覺微微踮起腳尖，抬起頭來看他。

「如果妳不是李韶華，那對不起，我認錯人了。」

當男孩轉身離去時，韶華對著他的背影，說：「你沒有認錯人，我就是李韶華。」

他慢慢轉過身來，頭微微一揚，頭髮便往兩邊滑過去，露出堅毅明亮的眼眸。就因為這雙堅毅明亮的眼眸，韶華就認定他絕不是個隨便勾搭陌生女孩的壞男孩。同時在他說出第二句話之後的幾秒鐘，發現他酷酷的外表下，其實很害羞，所以韶華自信能夠掌控這個突如其來的局面。

「你找我有事嗎？」

「我……」他抿了抿嘴，說：「妳是李韶中的妹妹韶華嗎？」

「是的！」韶華想起來了，他就是……。

「我是陳皓的弟弟，陳皪。」

「哇！想不到在這裡見到你，真巧呀！」韶華好高興在這裡遇見「老朋友」。

陳皪的哥哥和韶華的哥哥是國中同學，常常到家裡玩。韶華一家人對陳皓的印象很好，因為很有正義感的他常常在學校保護韶華的哥哥，避免被人欺負。韶華記得他好像也是個帥哥，很會玩丟圈圈和射氣球，然後把戰利品都送給她。韶華還記得他有個弟弟，好像也來過她家，但是和站在前面的帥男孩比起來，有很大很大的差距。

莎蜜看到韶華和陳皪在說話，滿臉好奇，於是韶華替兩人做介紹。年輕女孩通常對漂亮男孩都會產生情愫，但是莎蜜卻沒什麼表示，也許她以為陳皪對韶華有意思，所以不願自討沒趣。也許見過大風大浪的她，一眼就看出眼前這名視覺系帥哥的陳皪不是她的夢中情人。何況現在的她，正被四、五個男孩團團圍住，忙得不可開交，那情景不由得讓韶華想起《亂世佳人》的郝思嘉。

那是一部老電影，上星期才在電視看過。韶華好喜歡女主角費雯麗。接連好幾個晚上都夢見自己也是電影中的一個角色，陪著郝思嘉經歷美麗的青春年華，心碎的戀情、驚心動魄的戰爭和緊迫心弦的命案……，那個角色就是善良純潔的韓美蘭。

「這裡好吵，我們到籃球場那邊，好嗎？」

韶華雖然有些擔心人言可畏，尤其又是剛進工廠，但依然默默地接受了陳皪的建議。莎蜜她們的歌聲變得好遙遠，韶華望向天空，月亮帶著星星慢慢地走著。

「好久沒有看到這麼美麗的夜空了。」

「是呀！」

「韶華，我曾經去過妳家，那時候妳還唸小學吧！」

「是呀！時間過得好快，你怎麼會來這裡工作？」

「我是暑假來打工的，每個禮拜三和禮拜六的下午，幫忙倉庫出貨。」

韶華想起來了，陳皪好像是念台大醫學院，將來要當醫生。

「我不是念台大醫學系，我是念輔大生物系。新莊離這裡很近，騎摩托車不到一小時。」

「總之，都很厲害就是了。想不到你不但認出我，還記得我的名字。」

「我記得韶中說，李伯伯計畫生四個小孩，分別取名韶中、韶華、韶民、韶國。不過，你好像沒有弟弟。」陳皪笑著說：「妳的名字，我曾經在國文課讀過一首詩，好像是秦觀的『西城楊柳弄春柔……韶華不為少年留』。後來我去查字典，原來韶華是虞舜時的一種樂曲，象徵美麗的春光。」

「不愧是資優生，知道這麼多。」

「瞎貓碰到死老鼠，因為不久以前，學校考試剛好出這一題。同學互相傳小抄，我看了就記下來！」

韶華覺得很好笑，反問：「你的名字怎麼寫，不會是名利的利，或是大力的力？」

「白樂皪，亮白的意思。我的哥哥白告皓，也是亮白的意思。因為我媽姓白，所以我爸把我兩兄弟取名陳皓和陳皪，亮白亮白。」

「一說到陳皓大哥，他現在大學畢業了吧？」

「他剛從中央警官學校畢業，目前在桃園地方檢察處實習，妳哥哥呢？我記得他好像是念台大。」

韶華聽到陳皪提起自己的哥哥，整顆心好像被針了一下，帶著嗚咽的聲音，說：「他車禍過世……」

「最近嗎？」

「大二那年車禍，腦部受傷，變成植物人。後來，我們就放棄了。」

陳皪聽到韶華說她的爸爸因為哥哥慘遭不幸，傷心成疾，腦溢血過世。畢竟年輕、不懂人情世故，看到強忍住淚水的韶華，陳皪說不出適當安慰的話。沉默了很久，才說：「妳將來有什麼計畫？總不能一輩子在這裡做女工。」

「我也不知道，走一步算一步。不過我會去讀夜校，至少拿一張高中文憑。」

「很好，我會幫助妳。」

「謝謝你，陳皪哥哥。」

一陣如雷的掌聲傳來，喚起兩人的注意力。原來有高層長官上台致歡迎詞，於是兩人趕緊走回晚會現場。

第二章　夏日的蓓蕾

一九九五年五月

在種類繁多的娛樂性讀物之中，犯罪推理小說最能訓練注意力與思考力。也就是說，消遣之外還可以益智醒腦。對作者和讀者而言，都是如此。通常犯罪推理小說要有奇異的謎團、緊張的情節、合理的解決、意外的結局等要素，又有不少規則與禁忌，所以創作難度極高。

某某的第一本小說是浪漫愛情小說，因為本人的建議，開始嘗試需要用腦思考的犯罪推理文學。本人列出的書單洋洋灑灑，包括從狹義的古典本格到廣義的玄幻犯罪。其中某某最有把握的是懸疑的推理、奇情的犯罪故事，尤其是融合了浪漫愛情與血腥謀殺的犯罪小說。

葉威廉受任職J雜誌的友人劉宜雯之託，她是陳皓的表妹，替一位本土作家某某寫推薦序，寫到一半，就耐不住滿屋子的熱氣，於是擱筆，正要喝杯冰水，電話響起。

「你是誰？有何貴幹？」葉威廉沒好氣地說。

「我是陳皓。咦？你今天吃了炸彈。做生意要和氣，和氣才能生財。怎麼啦？」

「我正在替某位作家朋友寫推薦序，可是太熱了，於是想寫一封投訴信，準備寄給消基會。」

陳皓不太理解葉威廉說話的邏輯，隨便答腔：「買東西，吃虧上當喔！」

「想起來就氣。」葉威廉連珠炮似地說：「我在冬天的時候，買了台冷氣機，因為當時在促銷，有附贈獎品的活動。這種日製的冷氣機和別種牌子不一樣，出風口的設計是在右邊。但是，我家的冷氣預留口卻緊貼在右牆角。他們的技術人員裝機的時候，悶不吭聲。到了夏天，因為散熱和對流的關係，根本就沒有作用。」

「移機，不就行了嗎？」

「我也建議移機，可是他們竟然還是要 Charge 一千八百元。我最痛恨這種做事不負責任，然後又見錢眼開的廠商。」

「好了！歇歇氣吧！我向你報告那一宗『縮水的骷髏』的最新發展。嗯！火藥味完全不見了。」

「火藥味是用聞的，不是用見的。」葉威廉立刻精神抖擻起來，催促陳皓快說：「你們最新發現了什麼？」

「那些考古系的學生，初步鑑定死者為國中生。但是從頭顱骨、骨盆和一些骨片的狀態，認為這堆白骨並不單純，可能是個成年人。這個發現引起他們高度的興趣，於是拜託醫學院的專科助教做了骨核發生和骨髓消耗等實驗，同時也做了骨頭的鈣化程度、縫合現象和骨骼的全面拼圖，結果判定死者生前應該是名成年男子。先前以為是個侏儒。可是從構造比例和各種證據顯示，答案是否定。為什麼他的骨骼會縮水呢？因此引起各種猜疑。你認為呢？」

「這個嘛？幾年前，我曾經拜訪過民俗專家施翠峰教授，他曾經有一顆拳頭大的人頭，據他表示那是南洋的土人經過某種藥劑的處理，所以死人頭殼會縮小。」

「可是那只限於人頭，整個骨骼的縮小，可能嗎？」

「沒有不可能的事。」葉威廉繼續發揮他的博學多聞，他又說：「日本推理作家夏樹靜子不是也寫了一篇有關把屍體縮小的小說嗎？目的是要隱瞞屍體的身分。雖然作者引經據典，寫得煞有其事，不過畢竟還是小說。」

「那些大學生興奮得不得了，以為發現異種人類，準備先在系刊發表，然後投稿國際知名學術刊物。但是他們的教授認為事有蹊蹺，於是報案處理。由於種種原因，警方遲遲無法立案。因此宋組長命令我私下盡快調查，希望能夠知道死者身分，或許就能得知到底發生了什麼事情。如果確定是犯罪行為，警方必須介入。兇手就可呼之欲出，畢竟懂得這種處理屍體方式的人不會太多。問題是如何解開死者是誰的這個謎團呢？」

「八字都沒一撇，你憑什麼就認定是宗命案？」

「身為警察的直覺。」陳皓清了清喉嚨，有點不好意思地說：「這也為什麼會打電話請教您老兄。」

「我為你介紹一個人──高津蓀博士，只有他才能幫得上忙。」葉威廉似乎忘記了冷氣機所帶給他的怨懟，興高采烈地在名片簿中搜索。

陳皓利用葉威廉找高博士名片之際，隨口提起：「上個月我去了杭州，買了些茶葉，找個時間一起煮茶喝茶。西湖啊！真是所謂的有山有水有情、如詩如畫如夢。我還記得《白蛇傳》裡的斷橋不斷肝腸斷，《梁祝》裡的長橋不長情意長。以及，《濟公》的飛來峰不飛。」

「找到名片了！」葉威廉大聲地說：「還有你孤、我孤、孤山不孤。」

一九八五年七月

半個月很快就過去了。某天快午休的時候，有個人跑來藥品檢查室，跟美凝姐要人去他們包裝部幫忙。

美凝姐以她一貫的輕聲細語，回答說：「對不起，下段工程就要開始，但是這邊檢品還很多，沒辦法撥人過去。」

那人的表情在黑暗中看不清楚，聲音卻是削鐵如泥。他冷冷地說：「妳的名字早就列在黑名單上，還敢違抗我的命令。妳知不知道，這事情是公司的事，也就是大家的事。為什麼妳們就不能學學日本人工作的精神。真是可恥，好！我叫不動，只好請山崎先生過來囉。」

「囉」一聲的尾音還沒消失，他的人影就不見了。隨後，藥品檢查室的女孩就開始起哄。

「哼！假如公司也給我們到日本去，領兩份薪，又有海外津貼，吃喝玩樂一概由公司出錢，我也願意做牛做馬。」

「他和日本人又是幹什麼，坐在辦公室和小姐聊天。我們做得要死，還要做到忘記吃飯、忘記休息。美喔！」

韶華問坐在旁邊的小蓮，那個年輕人是誰。

「他是包裝部的唐課長，外婆是日本人，是工廠裡紅得發紫的人物。」

「他為什麼那麼吃得開？」

「因為他會講日文呀！我告訴你喔！其實唐課長只會講和聽，看不懂日本字。」

「會講會聽就很厲害。」

「他在日本讀小學，怎麼可能看不懂日本字。」

聲浪嗡嗡之中，坐在隔壁的小蓮忽然壓低聲音，對韶華和莎蜜說：「以前我們不是說大暴牙很色嗎？我說其實真正的超級大色狼是誰時，就被組長打斷。當時我要說的人就是唐課長。」

韶華當然知道唐課長，只是因為藥品檢查室不准開燈，所以剛剛才不知來人是誰。他的名字叫做唐祥清，對於高階長官和日本人之外的員工總是橫眉豎目、粗聲惡氣。如果不是這樣惡劣，在韶華眼中勉強算得上俊俏斯文。

「哎呀！看不出來。」

「他不會像大暴牙那樣嘴巴說說，都是暗的來，惦惦吃三碗公的那種。起先很有步數地送花送巧克力，請女孩吃飯唱歌，然後再騙人家上賓館。如果有些女孩子不甩他，他就會在飲料中加藥粉，強迫人家就範。」

「怎麼這樣子，好可怕。」韶華最近已經了解，藥品檢查室裡的八卦都要經過一番修枝剪葉，不過嘴巴一定要附和。

「妳知道他為什麼對美凝姐那麼兇嗎？」

「不曉得？」

「還不是因為惱羞成怒，公報私仇。」小蓮指著美凝姐的背影，說：「唐課長好幾次想約美凝姐，但是都被組長拒絕，於是就藉機報仇。」

「他未免太小人了吧！」

「其實唐課長吃不到美凝姐，也可以吃別的女孩子呀！問題不在這裡。據說他在日本人面前誇下海口，只要日本人喜歡誰，他就有辦法把那個女孩子弄到那些日本人的房間裡去。但是美凝姐偏偏不吃這一套，所以唐祥清就很生氣。而且他認為美凝姐離過婚、生過小孩，和日本人做那種事，也算不了什麼。」

「不只這樣，他還會搞派系。他自己是親日派，還會搞什麼閩南人派和客家人派。我們這種原住民，或是韶華那種外省人都是他拉攏的對象。」

大家的悄悄話還沒說完，唐祥清和一個高高壯壯的日本人走進來。然後站在女孩子面前嘟嚕嘟嚕地不知說些什麼。唐祥清的日語實在比「國語」棒多了，不但聲調溫良恭儉讓，還加上笑語如珠，不像他對台灣人說話那樣「壞壞叫」。

日本人笑著對美凝姐說話，後者露出為難的表情，可能是限於語文能力，沒講幾句話，就被唐祥清駁回去。於是她就指著韶華和莎蜜，要兩人跟著他們走。

人家說混血兒比較漂亮，這句話大約可以在唐祥清身上得到證明。雖然五官算是漂亮的五官，也就是說眼睛有眼睛的樣子，眉毛有眉毛的樣子，鼻子有鼻子的樣子，耳朵和嘴巴也有耳朵和嘴巴的樣子，但是湊合起來卻是怪怪的，韶華認為那就是所謂奸臣的面相。尤其是有點歪斜的下巴，看起來更是邪氣十足。不知道是不是受了剛才眾人所言的影響，韶華開始討厭他，尤其是注意到他和自己說話，眼睛卻瞄向莎蜜，和莎蜜說話時，眼睛卻瞄向自己。就這樣，音波和眼波不斷地交錯，使韶華感覺暈眩。

韶華還注意到唐祥清和那個高大壯碩的日本人說話時，表情是那麼急促，就像快溺死的人，張牙舞爪，把旁聽者的呼吸頻率也提高很多。韶華望著他們的背影，不只是因為體型，還有實際行為的聯想，他們真的很像老虎和狐狸。但是唐祥清的髮型卻令韶華聯想到土撥鼠，一頭有著土撥鼠髮型的狐狸。於是她把這個聯想偷偷告訴莎蜜。沒想到聽者很三八地咯咯笑個不停。韶華被感染，無法控制，於是兩人笑成一團。

唐祥清和日本人轉過身來，瞪著兩個摀著嘴巴痴笑的女孩。

日本人的反應還好，唐祥清的眉頭好像被畫了個大黑點，咬牙切齒地指著她們，吼道：「笑，笑什麼，有什麼好笑。山崎先生在這裡，妳們還敢笑。」

看到他那惡狠狠的表情，兩人趕緊停止，但是雙頰的肌肉卻因無法控制而抽搐。唐祥清又要破口大罵時，那個日本人瞪他一眼，然後對兩個女孩子笑笑，似乎不很在意。

「就是嘛！我們是來工作，又不是集中營的奴隸。」莎蜜低聲抱怨。

一行人到了包裝部，唐祥清嚴肅地指導韶華和莎蜜做紙箱。

兩個女孩子很快就學會，唐祥清就和日本人說著話走開。兩人不知說什麼，你一言我一句地不亦樂乎，然後轉瞬間就不見。

「唐老鴨走了。」莎蜜不屑地說。

「誰是唐老鴨？」韶華明知故問。

「除了他，還有誰。」

「他也配取那麼可愛的名字。」

「說得也是。」莎蜜就開始動腦筋，想替唐祥清取個又狠又毒的綽號，但是卻都不夠傳神。

「取綽號可遇不可求，慢慢思想，說不到有神來之筆。而且我們也可以把這個機會讓給別人，三個臭皮匠勝一個諸葛亮。」

兩人做了約一個半鐘頭，唐祥清只過來巡視一次，然後又不知跑到那裡去。

「今天星期三，妳那個陳大哥怎麼沒來看妳？」

「不知道，可能出貨比較忙。」

「他長得那麼帥，應該有很多女朋友吧？」

「不知道！」

「妳又不是啞巴，不會開口問。」

「我覺得問人家這個問題，有點那個……」

「難怪妳才會什麼事情都會不知道，乾脆我替妳取個綽號好了，就叫做『不知道小姑娘』。」

「妳好討厭喔！」

「其實啊……」莎蜜嘆了一口氣，幽幽地說：「什麼都不知道才好呢！就不會有煩惱。」

莎蜜忽然停下來，用手托住下巴，望著天花板，大大的眼睛像停止滾動的黑珠珠。因為勞動，所以臉蛋紅通通的，映著從天窗灑下來的陽光，更加嬌豔欲滴。韶華問她怎麼了？她不言不語，只嘆了一口氣，又開始低頭工作。

韶華知道莎蜜有心事，她是那種想什麼，表情至少會透露出三分之二的女孩子。

「妳看，說人人到，說鬼鬼到。」

韶華順著莎蜜的眼光看去，陳皪正走過來。他向兩人揮手，制服穿在他身上，略顯小了一些。但是更顯出他手長腳長，走路的姿勢也就更矯健，彷彿老一輩所形容的「喇牙」。想到這裡，韶華不禁露出笑容。她不願意告訴莎蜜，一來這是甜美的祕密，二來莎蜜一定會很誇張地笑出來，她不要陳大哥看到自己負面的形象。

「妳們怎麼跑來這裡？我剛剛去檢查室，施組長說妳們在這裡。」聽到莎蜜的說明，陳皪感嘆地說：「難怪施組長的眼睛紅紅的，好像哭過似的。」

「陳大哥，你英文不是很好嗎？介紹你來的教授不是和廠長很好嗎？為什麼不告訴廠長，這裡有好多爛人。」

陳皪看了莎蜜一眼，很為難地說：「我只是個工讀生，介紹我來這裡工讀的教授也不希望我惹事生非。何況這間藥廠有很多派系，廠長只是個外派的日籍技師，階段性工程完成就打包回日本。很多事情，他也是無能為力。」

「這是個什麼社會呀！」莎蜜憤憤不平地說。

「噓！」韶華用手肘推了莎蜜一下，原來鬼頭鬼腦的唐祥清又出現了。

他看到陳皪，立刻展開虛偽的笑容，諷刺地說：「小陳！你真熱心，有空就過來幫忙。」

陳皪笑笑、低頭不理他。唐祥清自討沒趣，就自打圓場地說：「既然小陳來幫忙，而且工作也快完成。那麼，莎蜜就先回檢查室去吧！」

於是，就剩下韶華和陳皪了。

兩人很快做完紙箱，韶華整理一下凌亂的頭髮，問：「陳大哥，你有沒有女朋友？」

「有啊！」陳皪看了韶華一眼，笑著說：「就是妳呀！」

「我是說正經的。」

「我也是正經的，難道妳不是我的朋友嗎？而且妳是個女的呀！」

「我不是指這種女的朋友，而是那種女朋友。」

「是妳要問？還是莎蜜想要問？」

「妳怎麼知道是莎蜜想要問？」

「這還不簡單，我們在一起的時候，妳從不問我這個問題。而上次我和莎蜜在工廠餐廳吃飯時，她忽然問我，然後妳又問我，所以我想是莎蜜要妳問的。」

「就算她沒有要我問你，其實我自己也很想知道。那……你怎麼回答她。」

「和給妳的回答一模一樣，一字不差。」

有個怪異的念頭忽然閃過腦海，於是韶華說：「陳大哥，這是個假設性問題，可是你一定要回答，而且不可以用腦筋急轉彎來逃避。」

「好！我答應你。」

「如果莎蜜喜歡你，你會喜歡她嗎？」

「她不會喜歡我的。」

「你看，你在逃避問題。」

「我發誓我沒有。」當陳皪說出這話時，神情格外嚴肅。他的頭垂下來，兩邊的長髮跟著垂下來，蓋住了面容。

「莎蜜有種很特殊的個性，我不知道怎樣形容。她是那種有著宗教家情懷的女孩，勇於挑戰強勢惡劣的人，也肯對軟弱可憐的人伸出援手。」

韶華聽到陳皪對莎蜜的讚美，有著淡淡的醋意。

「其實在藥廠裡，有幾個很不錯的男孩都對她表示好感。可是她寧願和比較『那種』的在一起。所以，我是不是間接回答了妳的問題。」

韶華不想再談莎蜜，更不想弄清楚什麼是「那種」，什麼是「這種」的男孩。自己雖然滿足於和陳皪，維持著兄妹般清淡的感情。可是，似乎又希望……。如今聽到陳皪的話，雖然是說莎蜜，可是隱隱約約好像在說自己，這一切就像夢醒之後的無奈和虛空。當下班鈴聲響起時，兩人結束了談話，各自牽著虛幻中的莎蜜先後離開。

交通車開離工廠，沿著吉林路，往工業區的大門口奔去。提早下班或住在附近的人帶著小孩在工業區服務中心前的公園玩耍散步，兩、三片風箏在黃昏的天空上飛翔，空氣中流動著溫馨的氣氛。

韶華看著窗外的夕陽，包包裡面有本讀到一半的「推理雜誌」。每當閱讀羅曼史小說，韶華常常幻想自己忽然收到一個遠房親戚的遺產，然後捲入一場又一場愛恨情仇的豪門戰爭。閱讀科幻小說，就幻想自己血液中存在著某個神祕部落的基因，然後引領一群精靈抵抗外星人。閱讀武俠小說，自然而然會幻想被惡敵追殺，被逼跳崖，然後無意中遇見奇人，學得一身驚世武功，然後唯我獨尊、誰與爭鋒。如今，她特別喜歡閱讀峰迴路轉、透析人性的推理小說。

「韶華！妳還不下車啊？」

「喔！」韶華如夢初醒。

「小小年紀，就開始思春。」

「人家男朋友那麼帥……」

韶華在同事們的揶揄和笑聲中下車，落荒而逃。夕陽在橘紅的天空和暗灰的大樓間，緩緩沉淪。遠遠望去，彷彿就是那顆被天上仙女玩膩了，丟棄在一邊的金球。除了淒豔的夕陽，冷眼旁觀的雲彩就慢慢佔據天空。然而好景不長，偏偏這個時候，開始下起雨來，於是遠遠近近的景色逐漸模糊起來。

暑假過後，陳皪不再來工廠打工。韶華和莎蜜的友誼慢慢有了微妙的變化，為了什麼，她不知道，就像浮雲因為風的吹動，因而改變原來的行程。

第三章　朦朧青春夜

一九九五年五月

高津蓀博士大約一六〇公分高，雖然很瘦，卻予人重甸甸的感覺，或許是來自他偏深的膚色、不苟言笑和舉止行動沉穩的印象吧！亂髮之下是棗紫色的臉，雙頰的肉彷彿被杓子挖過似地陷下去，上邊的顴骨就高凸起來，東山西坡遙遙相對，兩看不厭。緊閉的厚唇是龜裂大地中的一攤沼澤，感覺佔據了面孔的大部份，由於面積廣闊，常使初見面的人忽略了其它的四官，尤其是那雙充滿智慧的小眼睛。

「高博士是個生物學家，以前在大學教授標本製作，同時也是個寫實派的雕塑家。現在退休了，住在鄉下。不過，每天還努力地工作，很令人敬佩。半年前，他委託我替他翻譯一些德文的解剖學資料，因此而認識。記得我第一次去他的工作室，幾乎被嚇掉半條魂……」

雖然葉威廉在拜訪高博士之前，已經「警告」過陳皓。可是，見過高博士之後的陳皓，踏入他的工作室，依然感到心臟有些負荷不了。除了濃臭的化學固定液像帳子似地籠罩在洞窟般的屋內。沒有一扇窗，也沒有抽風設備，使人幾乎無法呼吸。唯一的光源是粒小小的電燈泡，淡黃色的光芒使周圍的氣氛更加陰森詭異。陳皓戒備地頻頻回首來時路，唯恐忽然落下鐵欄。到時候插翅難飛，勢必永遠被禁錮在這人間地獄。等到他的瞳孔擴張到足夠大時，才看到眼前排滿了各種動物的標本——有些連看都沒看過的飛禽走獸。

陳皓指著一頭幾乎就要撲過來的雲豹，說：「他怎麼會有這玩意兒？」

葉威廉低聲回答，說：「不要問這種沒知識的問題，你沒看到他遞給你的名片？」中華民國自然生態保育協會顧問、國際靈長動物保護聯盟代表、聯合國拯救遺存巨猿部門代表……。陳皓拍了拍額頭，做了個昏倒的姿勢。

「啊！」

「怎麼回事？」高博士和葉威廉緊張地看著臉色青兮兮的陳皓，不約而同地發問。

「沒什麼。」陳皓有些不好意思，幸好陰暗的光線掩去了臉上的窘意。當高博士先進入另一間房間時，他才低聲地對葉威廉解釋，說：「剛才踩到一堆軟綿綿的東西，以為是什麼，仔細看清才知道是一捲破布。」

葉威廉沒來得及取笑，就被高博士叫喚進去。這個房間，葉威廉沒來過，只見擺了許多栩栩如生的人體雕像，不過大部份只有頭顱。

高博士忽然大聲地喊：「喂！陳警官，你不要動我的作品，好不好？」

陳皓像被老師挨罵的小學生，喃喃地說：「這些人頭和掛在旁邊的照片簡直是一模一樣。這到底是什麼材料做成的呢？」

高博士咧開厚唇，露出幾顆黃板牙，笑著說：「那些人頭都是我的親友，生前同意過世之後，讓我用『復顏術』將他們做成生前的樣子。」

葉威廉說：「我們來拜訪您的目的，也就是要借重您的專長，將一具無名屍骨恢復成原來的面貌，以便查出他的身分。」

「沒問題，這算不了什麼。」高博士說：「現在都用電腦立體掃描，不出一小時，就可從螢幕上看出人像。不像我還在土法煉鋼。陳警官，難道你不試著向上級單位申請嗎？」

葉威廉打圓場，說道：「目前尚無法判定是否為殺人事件，一旦勞師動眾，如果落了個虎頭蛇尾，陳皓的面子就沒光彩。所以先以私人的交情拜託您，希望您不要介意。而且你不是需要更多新鮮的標本，來充實你的收藏嗎？」

高博士說：「我是不會介意，只是因為用黏土或其他可塑性物質，依顏面軟部組織的厚度黏添作成顏面，而再現原貌的方法，可能要花上三到五天的時間，怕會影響你們的作業進度。」

陳皓認為如果有時間表，宋組長有辦法去和相關部門協商，暫時把事件壓下來，連忙說：「不急、不急。」

高博士便把眼光投注在陳皓手中的瓦楞紙盒，說：「把東西拿出來吧！」

陳皓從瓦楞紙盒取出塑膠容器，打開之後就見到一顆被固定的骷髏頭和一袋散亂的骨骸，死亡的氣息悠悠擴散。連整日與屍骨為伍的高博士似乎也感受到怨恨不平的靈魂，原本嚴肅的表情更加嚴肅起來，同時那雙小眼睛也放射出閃閃的寒光。

除了重複葉威廉和陳皓所知道的事之外，高博士更加強地說：「這個人死亡之後，屍體曾受到暴虐的處理，從骨質的鬆脆程度判斷，很可能受到高壓和高溫的雙重衝擊。單純的物理破壞不會有這種現象，也不可能是藥物浸潤，因為骨骼沒有明顯的化學變化。不過，為了慎重起見，我還是多做一些實驗比較保險。」

葉威廉恭敬地說：「那就萬事拜託了。」

高博士也很客氣地說了幾句話，同時答應會儘快給兩人答案。送客到門口，他盯了陳皓幾分鐘，說：「你的臉骨造形極佳，非常符合蒙古人種美學的原理和標準。如果你不介意的話，我想替你拍幾張X光照片，寄去環球骨骼協會。如果經過認可，你的頭骨和骨架會做成永遠的模特兒，供後人瞻仰。」

葉威廉從百科全書得知瑞典傑出的科學家林奈，在一七五八年所做的分類中，將世界人種劃分為野蠻種（菲拉斯）、怪物種（蒙斯托拉斯）和理智種（塞比恩斯），進而按當時眾知的洲數，把理智種進一步分為四大人種：東亞人種（黃種人）、高加索人種（白種人）、非洲人種（黑種人）、大洋洲人種（棕種人）。而高博士口中的蒙古人種是黃種人先前的稱法。

看見陳皓恐慌的表情，笑意從葉威廉腸子的末端，兇猛地往上推進。到了食道的部份，葉威廉才好不容易地用意志力制住。不過，下唇已經被牙齒咬出深深的一道痕跡。

一九八八年九月

轉眼之間，韶華在松本製藥廠工作了三年多。

自從備受日本人器重的唐祥清當了副廠長，藥品檢查室的施美凝就頂替他的缺，而韶華便順理成章被提升擔任藥品檢查室的組長一職。不過已經從夜校畢業的她，正積極努力讀書，準備考大學夜間部。陳皪大學畢業之後，留校當助教，並且幫教授做實驗，早就不來暑期打工。至於莎蜜呢？還是老樣子，至於她和韶華的友誼呢？因為各人忙各人的，逐漸疏遠。

有一天，生產部的製程出了些問題，所以藥品檢查室必須要有人留下來加班。有些女孩子要上夜校，有的要約會，身為組長的韶華義不容辭，和如今最要好的小蓮及另外三個女孩子留下來加班。從來不加班的莎蜜，自然不會和她們在一起。

到了九點，事情還沒做完，但是小蓮她們又不能留太久。韶華是組長，所以有責任將工作完成。

「那妳一個人敢回去嗎？組長。」

「我不回去，今晚就留在宿舍裡。」

「妳要和莎蜜擠一間嗎？她的室友今天請假。」

「那我就去和她擠一擠。」

「妳有她房間的鑰匙嗎？」

「沒有。」

「那……」小蓮看了另外一個女孩子，說：「組長沒有莎蜜房間的鑰匙，莎蜜萬一今晚沒回來，組長不就慘了嗎？」

「我就住在莎蜜的隔壁房間，反正今晚我要回家，組長就睡我的床好了。」

「那妳的室友呢？」

「她呀！她輪中班，十二點之後才會下班。沒關係，妳先拿著，以防萬一。」

「那就謝謝妳了。」

小蓮她們走後，韶華繼續工作。

十點整，韶華開始收拾工作檯，關掉藥品檢查室的燈光，然後往女生宿舍走去。女生宿舍就在籃球場的另一端，前面種了很多杜鵑，現在不是花季，所以只見到茂密的綠葉。

韶華走進女生宿舍，舍監正在煮麵，所以沒有注意到非住宿舍的她。按照公司規定，凡是非住宿舍的人一律不准進入女生宿舍裡，但是住宿的女生嫌麻煩，根本不理這一套。而舍監也是愛理不理的，因為她認為工廠已經有守衛嚴格把關，絕對不會有問題。所以除了男性員工之外，她都睜一隻眼、閉一隻眼的。不過，說句老實話，舍監不可能一天二十四小時都坐在門房監看，有時候她也要上上廁所，或是處理些私事。所以，只要是有心人都可以乘虛而入。就像現在，韶華不受阻攔地登堂入室。但是她還是跟舍監打聲招呼，然後照規定，在登記簿上寫下名字，以及住宿的理由。

莎蜜的房間在二樓。韶華敲門，沒人回應，莎蜜不在。幸好小蓮機智，否則就要在這裡痴痴地等。她取出鑰匙，打開另外一間房間的門。

進入房間後，扭亮電燈，然後打開窗戶。由於宿舍的這邊是面對機械大樓的後壁，所以不時傳來機器運轉的雜音。但是還好，韶華可以忍受。從機械大樓淒黑的窗戶上，她可以看見莎蜜房間的窗簾反映在上面。是的，莎蜜不在。

雖然機械大樓經過嚴格管制，晚上絕對沒有人在裡面走動。可是韶華還是保持警戒，在換衣服的時候，仍然把窗廉拉上。窗簾是藍色的厚布料，陳舊而沾滿塵灰，上面印著大大小小的花朵。本來是仙人拋灑出來的滿天花雨，如今看來是漂浮在春泥上的飄零落花。韶華看看四周，左牆的林青霞和右牆的胡因夢正在爭妍鬥豔，貼在門後的是幾個拿吉他的金髮少年，酷酷地瞪著韶華。

今天為了加班而沒去補習班上課，所以韶華把課本拿出來看一看。把不懂的地方用螢光筆劃下來，明天再問同學或老師。好不容易爭取過來的讀書機會，可不能馬馬虎虎，否則太對不起自己了。

快十一點了，韶華感到睡意漸濃，於是熄燈就寢。躺在床上，她的視線不經意地透過窗廉的縫隙，落在機械大樓的窗戶。從窗戶的倒影，竟然看到了莎蜜正拉上窗簾，而她的身後好像站著一個男人……。還來不及多想些什麼，她就睡著了。

匆匆又過了一個月。

有個午後，唐祥清又要莎蜜去幫忙盤點客戶財產。關於這件事，韶華一直很納悶。不知從什麼時候開始，唐祥清總是要莎蜜去幫忙東、幫忙西。

唐祥清雖然是副廠長，但因為日籍廠長不管事，所以權力很大，管轄人事、採購、總務和倉庫。倉庫包括藥品出貨、運輸和儲存，全部由專人負責。原物料、半成品、成品和不良品的管制按照藥品優良規範的標準作業程序執行，獨獨客戶提供的一些特殊原料、包材和技術機密文件則直接由唐祥清負責管理。照理而言，他可以任命祕書協助整理、分類和歸檔。但是這份工作竟然落在名不正、言不順的莎蜜的頭上。工廠曾經議論紛紛，但是最近某些員工因為受到社運的影響，積極成立工會，替員工爭取最大福利，所以副廠長和小女工的曖昧事件很快就消失在大家的口中和耳中，只是偶爾在某些場合中、在某些人的口中交流一下。

韶華知道今天是莎蜜的月例，勸她不要去，換個人去。她說不去的話，唐祥清會生氣，扣掉她的生產獎金無所謂，害了韶華這個做組長的可就說不過去。老實的韶華很欽佩莎蜜，年紀才大自己三歲，卻這麼處處為人著想，真不簡單。

大約過了一小時，生管單位的人過來向韶華拿日報表。韶華整理好之後，才發現少了莎蜜的那一份。她的抽屜又上鎖。於是指名小蓮去副廠長室向莎蜜拿鑰匙或要她親自回來一趟。

「我不敢，組長。」

「為什麼？」

「妳不要強人所難。」

韶華百思不得其解，說：「我不懂，這樣子怎麼會強人所難呢？」

小蓮死也不肯去，其他的女孩子都默默低頭工作，但是神情詭異，似乎等著看好戲。

「既然我叫不動妳，那我就叫別人去吧！」

「別人也一樣，她們絕對不會去的。」

「妳們不去，我自己去總可以吧！」

「組長，妳千萬不要去。」

「為什麼呢？」

「總之，妳聽我的話就是了嘛！」

小蓮奇怪曖昧的態度引起了韶華的好奇，先向生管單位的人道歉，說明等一下自己會送過去，然後拉著小蓮的手到隱密的角落。

「小蓮，妳告訴我原因。」

「我告訴妳，妳千萬不要說出去。」

「我答應妳。」

「其實藥品檢查室的人都知道，只有組長妳不知道。因為你和莎蜜是死黨，所以我們都不敢告訴妳。」小蓮咬了咬下嘴唇，然後有些難為情地說：「莎蜜和唐祥清有不尋常的關係。」

「什麼？我不相信。」

「妳看，不相信就算了，我知道妳們是好朋友。」

「可是……」韶華忽然想起了那個晚上，躲在記憶角落裡的身影猛然地浮映出來。

「他們在女生宿舍做那種事，好多人都知道。公司上層後來也知道，不過因為是私人關係，男未婚、女未嫁，僅以口頭警告，於是他們轉移陣地到外頭賓館。」

韶華白天在工廠努力工作，晚上在學校努力讀書，除了親密隊友小蓮和藥品檢查室的女孩，其他縱然是天大的事情一律不聞不問。

「啊！」小蓮叫了一聲，頭也不回地跑出藥品檢查室。

原來——莎蜜正靜悄悄地站在兩人身後。韶華低下頭，不知道如何處理眼前的場面。看著莎蜜，不知怎麼搞的，韶華的淚水一滴一滴地流出來。為什麼流淚，韶華自己也搞不清楚，不是友情的背叛，然而卻有受騙的感覺。身為組長之後，她更了解唐祥清的為人。如果說是憐惜莎蜜的愛情終究會是一場空，不如說是厭惡莎蜜的自甘墮落，她明明知道唐祥清心術不正。到底是唐祥清的甜言蜜語迷惑了她的理智？還是包裹糖衣的愛情讓她感覺幸福。

窗口不知何時冒出一朵白色的杜鵑花。杜鵑花是什麼時候開的呢？怎麼會有這種異樣的美麗和純潔呢？止住淚意的韶華，仔細一看，才發現那不是杜鵑花，而是一團被人扔在樹葉間的白紙。

「真的嗎？莎蜜。」

韶華真的很想問莎蜜為什麼會和唐祥清這種男人攪混在一起，而且還介入他和另外一些女孩子的感情世界。然而……。

「妳不瞭解我的世界，所以我沒有必要告訴妳真相，我也不在乎妳會不會看不起我。」莎蜜拍拍韶華的肩膀，笑笑地說：「還有……我也不在乎陳大哥會不會看不起我，雖然我希望在他心目中，我是十全十美的女孩。」

韶華的耳邊似乎傳來陳皪曾經說過的話：「莎蜜有種很特殊的個性，我不知道怎樣形容。她是那種有著宗教家情懷的女孩，勇於挑戰強勢惡劣的人，也肯對軟弱可憐的人伸出援手。」難道唐祥清就是莎蜜心中的「那種」人嗎？明知山有虎，偏向虎山行，她想要用愛情的力量改變唐祥清嗎？韶華不懂。

莎蜜過來拉緊韶華的手，嘴巴動了一動，那是一句無聲的「謝謝」或是「對不起」或是「保重」，因為聲音被風吹散了，韶華沒有聽清楚。

三天後，莎蜜辭職，沒有向任何人辭行。

第四章　影不隨形

一九九五年五月

五天之後的早晨，葉威廉接到高津蓀博士的電話通知，表示他已經完成了工作，並且將成果拍成各種角度的照片，寄給陳皓。如此一來，陳皓或許可以從失蹤人口資料檔案中，查出死者的身分。高博士的電話剛掛上，傳真機的聲音就嘟、嘟、嘟地響起來。

葉威廉走過去把傳真資料拿起來，原來是個年輕男子各角度的照片。雖然一眼看得出來不是真人，有點像仿真寫實的畫像，不過依然可以認出本人的樣貌。睜大的眼睛，微張的鼻孔和緊抿的嘴唇，以及深鎖的眉頭顯然是出自高博士畫龍點睛的傑作，使之看起來更加栩栩如生。唯一缺憾，高博士隨便用了頂不合適的假髮，原本略帶憂鬱的表情，看起來有些可笑。

依據葉威廉的了解，人的顏面皮膚厚度有二十五處較為固定，其它各部位之計測可參考鈴木尚氏的數據表和依賴復顏專家的經驗，聽高博士說死者下巴的骨骼有點特殊。可惜，高博士無法運用重疊法來做最後的確定。

術業有專攻，葉威廉無法樣樣精通，所以特別請教高博士。

所謂重疊法又稱為重複印畫法，將要比較之人的生前照片推定其攝影的方法及距離做成負片，其次將被發現之頭顱骨以相同的方向及距離，予以攝影其顏面而做成正片。由於死者的骨骼被縮小，所以必須做適度的調整。其後，重疊此兩張底片而比較其特徵點。如今缺少的就是頭骨主人的生前照片來對照、確認。

過了晚餐時刻，當葉威廉正在洗衣服時，陳皓來電告訴他說，早上收到經過高博士復顏術之後的照片，立刻去把成品帶回局裡。雖然骨骼縮小了，高博士還是以比例放大，提供正確的身高、年紀和可能的死亡年代。經過鑑識課判斷出來一切無誤，靠著儀器精準的判斷，死亡年代縮短成六到四年前。陳皓就按照這個方向去搜索相關的失蹤人口。

「那你查出他的身分了嗎？」

「如果沒有高博士出神入化的技術，根本就是海底撈針。」陳皓不停地讚美，然後說：「將那些數字和資料輸入電腦之後，很快就篩選出曾經報案的失蹤人口。我們和七名家屬聯絡，共有三個人來指認，其中一名女士看後，確定死者是她的丈夫。據她陳述，她的丈夫名叫唐祥清，曾經是連城食品公司的廠長，一九九〇年十月十七日在自己的辦公室無故失蹤。」

一九九〇年十月

連城食品廠成立十多年，剛開始做些布丁、果凍之類點心食品。雖然規模很小，但是由於採取平穩的經營手法，所以公司的業績逐年成長。但是到了前年，股東會決定要增資，將連城食品廠提升成現代化的一流企業，然後再進步成股票上市公司。

創辦人的信念——技術是管理的基石，也就是說缺乏生產技術，縱然財務、行銷、物流管理多高明，等於是空口說白話。因為消費者的舌頭是品質保證的最佳利器。雖然，以連城食品廠的研發能力，可以做出非常可口的布丁和果凍，甚至可以掌握住市場的口味，但是保存的問題、包裝的問題，甚至製作技術的問題，都阻礙他們提升品質的夢想。也就是說連城食品廠，目前僅能夠靠手工和簡單的機器，一旦要生產多量多樣的食品時，可能就無能為力了。

公司高層認為，假如派人去學習，項目太多，短時間無法一蹴而成。從別的公司挖角過來，又怕引起內部的反彈，而且能力無法拿捏，接神容易送神難等等。經過慎重的審議，連城食品廠的董事會決定和法國芬里露乳品公司合作。

法國芬里露乳品公司是以乳酸菌製品聞名歐洲。五年前，連城食品廠鑑於台灣對於健康食品的重視，特別引進乳酸菌產品，成為該公司的台灣獨家代理商。由於行銷策略成功，所以市場佔有率極高，雙方都獲得極為可觀的利潤。基於這層關係，當連城食品廠提出自製自銷合乎當地人口味的乳酸菌產品時，對方便一口答應。但是由於掛的是法國芬里露乳品公司的品牌，所以從原物料進貨，製程管制到成品放行，必須完全按照他們的標準流程，甚至檢驗也必須在原廠的規格之內。條件雖然嚴苛，但卻是自我提升的不二法門，於是連城食品廠的吳總帶著興奮的心情，在合約上簽下自己的名字。

當第一批技術資料從法國芬里露乳品公司傳送過來時，連城食品廠的內部就起了不小的震憾。因為廠長唐祥清不知道如何處理，可是生性好強的他又不肯明講，推說了好幾百個理由。於是，吳總便送他到法國芬里露乳品公司受訓。

受訓之後，吳總接到評論不好的信函。由於他和唐祥清相處甚久，對於他為人處事的態度也頗瞭解，但是為了連城食品廠的將來，思前想後，決定另請高明。

吳總在和法國芬里露乳品公司商談合作事宜時，唐祥清就建議請一名品管經理。當時連城食品廠的工廠組織圖是廠長下面分為總務、生產和品管等三個部門，由於規模不是很大，品管部門兼做研究開發的工作。唐祥清想把品管部拆開，多一個部門，而讓原來的品管經理戴坤勤往研究方面發展，所以多出一個經理缺。可以請一個英文能力和專業方面很強的年輕人，這麼一來，解決了面對法國芬里露乳品公司給予的壓力，自己的地位也不會受損。

一個月前，陳皪初次接受連城食品公司吳總經理面試。

「陳先生，請你簡單地做個自我介紹。」

「我是陳皪，就讀於輔仁大學生物系。畢業後，留校擔任助教，並協助教授做些實驗。」

「王教授對你讚美有加，尤其是乳酸菌變種方面的研究。」

「那是他的厚愛。兩年前，有家食品公司委託王教授替他們找尋特殊風味的乳酸菌。由於他本身很忙，就將實驗計畫交給我。」

大學很多教授申請政府學術研究的補助，但是暗中將成果賣給私人機構。王教授為人正派，自然不會這樣做。當時連城食品公司向食品研究單位提出合作方案，王教授是該方案的評審，覺得大有可為，不但批准，並推薦陳皪負責執行，自己掛名。基於保密協定，陳皪只負責將食品公司提供的乳酸菌菌種加以改良，其餘一概不知。

「你知道是那一家公司嗎？」吳總看陳皪沒有作答，又說：「就是敝公司。」

經過吳總這麼一解釋，陳皪才明白，原來是透過王教授的穿針引線，所以連城食品廠才會找上過於年輕、並缺乏實際工廠經驗的自己。

「連城食品目前和法國芬里露乳品公司合作有關乳酸菌產品，而我們正缺少這方面的人才，誠心誠意地聘請你來幫忙。薪水方面是你目前當助教的三倍，還有年終獎金和分紅。職稱暫定為品管經理，直接向我報告。工作主要內容是將法國芬里露乳品公司授權的產品順利上市。三個月後，依照你的興趣而決定你的職務。如果對產品研究開發有興趣，公司派你到法國實地觀摩一個月，回來特別為你設立一個有別於目前研發方向的部門。如果對產品管理有興趣，你將接受完整的全公司品質管理制度的訓練。」

由於條件太優厚了，所以陳皪毫不考慮地立馬答應。其實吳總說的那些福利倒是在其次。他一直想從事有關微生物方面的研究。很多家生物製劑公司一直請王教授推薦優秀的人才，陳皪自然都是列在名單之中。曾經在松本製藥廠工讀的他深深了解，假如在生物製劑公司方面從事研發，發展有限，畢竟很少老闆有這方面的魄力，因為研發是個無底洞，一般小規模的公司幾乎無法經得起考驗。至於大規模的公司，根本輪不到他這種僅有大學學歷，不曾有學術單位以外工作經驗的年輕人掌管產品研發的兵符。另外，政府機關對於列屬藥品管制的生物製劑，把關環節充滿政治因素。所以研發成果是個未知數，無法掌控在自己手中，不如在食品研發方面來的自由而容易發揮。

陳皪正式到連城食品廠上班之前，吳總再次約談。他不但把公司願景、營運狀況，還有陳皪擔任的職務和權責說得一清二楚之後，話題一轉，說：「至於工廠人事方面，我希望你能多多包涵一些。雖然你是直屬於我，直接向我報告，但是工廠主要還是由廠長當家。他曾經在製藥廠擔任副廠長一職，由於管理能力很強，所以被我們聘請過來。那個時候，連城剛開始轉型，不論是生產技術或人事管理，一切都還是土法鍊鋼。他強勢霸道的日式管理，還蠻管用的。但是現在時代不同了，他也有所改變。但是本性一時難改。如果偶爾講話過於盛氣凌人，你可以按照你的想法去應對處理。不過還是衷心希望你以和為貴，畢竟大家要長期相處。我個人是以大局為重，除非影響公司利益，否則我都是大事化小、小事化無。弱勢那一方可能會忿忿不平，但是我認為大家都是成年人，應該有能力面對和處理。」

上任的第一天，陳皪在姜助理的陪伴之下，走進廠長辦公室。

姜助理正要介紹，坐在辦公桌後面的人抬起頭，冷冷地說：「後浪來了。」

眼前的人原來是他，陳皪猛然想起幾年前，曾經在松本製藥廠當暑期工讀生，當時包裝課的課長唐祥清。沒想到事隔多年，當了連城食品廠的廠長，自己也進了同樣的工廠，幸好不是他的直屬部下。

陳皪畢竟年輕氣盛，本想要反唇相譏，但是想起吳總交代的話，選擇沉默以對。但是，面部表情老實地反映了他的心情。

吳總真的請了一個比他年輕許多，學歷專業沒有勝過他許多的人，唐祥清並不在乎陳皪這號人物。不過最令他生氣的是，新任的品管經理是負責全公司品質管理系統，直接對總經理報告。如果按照公司當今的政策和未來的走向，新來的品管經理的權利和地位都略勝他一籌。這也難怪他第一次看到對方時，眼睛毫不掩飾地暴射出敵意的光芒。

陳皪投寄履歷的時候，並沒有把大學時代曾經到松本製藥廠當暑期工讀生的經歷寫上，面試也沒有唐祥清在場。何況陳皪早就把一頭長髮剪去，理了一個工工整整的西裝頭。剛一照面，一向眼高於頂的唐祥清覺得眼前這位英俊帥氣的年輕人似乎有些面熟，只是想不起是誰。

受吳總指示務必支持維護陳皪的姜助理嗅出空氣中的蕭颯之氣，簡單交談之後，立刻將陳皪帶離廠長室。走向下一部門時，不管姜助理如何解釋，陳皪依舊有些耿耿於懷。這時候，忽然有條熟悉的人影滑進眼膜……。

「陳皪，你還認識我嗎？」

「怎麼會不認識，你是戴坤勤。」陳皪有種他鄉遇故知的親切感。

戴坤勤一點都沒變，睜得大大的眼睛在微黑的臉上好像長了兩朵蘑菇，頭髮梳得整整齊齊，沒什麼表情。可是一遇見人，立刻就展現微笑。初出茅蘆的年輕人視之為「虛偽」，但是老鳥卻認為「得體和上道」。尤其是他微駝的身材，總是給人很謙卑的感覺。

陳皪記得戴坤勤藥專一畢業，服完兵役後，就在松本製藥廠服務，當時他擔任品管檢驗員。主要工作是血壓實驗、毒性實驗和熱原實驗。如果在有生產注射劑上班的藥廠人員，對於這三項實驗均不會陌生。因為注射劑除了物理、化學及在細菌實驗之外，還必須做活體實驗。也就是說要把成品實際注射到動物體內，再觀察是否有不良的反應。以血壓實驗而言，必須切開狗或貓的頸靜脈，滴入藥品，再從手製心電圖上判斷是否有血壓上升或下降的情形。毒性實驗則是餵食藥品，或以腹腔注射和尾靜脈注射，然後計算死亡隻數。至於熱原實驗則是注射白兔的耳靜脈，然後測肛溫，過冷或過熱，都表示藥品曾經受過微生物污染，縱然已經滅菌也不能使用。近來動保人士和愛護動物人士紛紛抗議這種不人道的動物實驗，所以都改用其它方法代替。譬如，以馬蹄蟹的抽取物當檢驗材料。戴坤勤的注射技術可說是一流中的一流，別說以上三種實驗，另外一種必須注射天竺鼠陰莖血管的手法，他更是一試就成功。這也為什麼陳皪對他印象特別深刻的原因之一。

兩人簡略敘舊之後，戴坤勤表示有要事在身，無法多談，約定午後休息時間再說。戴坤勤一離開，姜助理暗示地說：「戴坤勤是廠長的手下大將，聽說是從以前的藥廠挖角過來的，廠裡一等一的紅人。他原本是品管經理，現在改當研發經理。」

陳皪回到自己辦公室，感到有些懊惱，並非擱在辦公桌上如山丘般待辦的公文，也不是再過些時候，法國芬里露乳品公司將派人來稽核，而是唐祥清充滿敵意的眼光。陳皪理解他的心情，可是不理解，好歹也是歷經多年社會經驗的人，怎會如此容易把喜怒哀樂擺在臉上，未免太幼稚了吧！

除了面對唐祥清不友善的嘴臉之外，陳皪對於自己在連城食品廠的前途，感到有些茫茫然。尤其是自己一向在學校裡，從事研究，如今草率地轉換跑道到食品廠。想到剛才不期而遇的老同事戴坤勤，還有姜助理的暗示，心中有了警惕。

陳皪回想以前在松本製藥廠，戴坤勤非常照顧自己，而且為人和和氣氣，做事態度也非常認真正派，絕對不是唐祥清那一路派的。他會被挖角過來，一定是靠著他的技術和做事的態度。

在陳皪的記憶中，戴坤勤似乎沒什麼嗜好，做人做事中規中矩，只有在唱卡拉OK的時候，幾乎是用盡生命和感情來詮釋，尤其是那種充滿抖音和轉音的哀歌。不知道他是不是還那麼愛唱歌？當陳皪想起往日時光，情不自禁拿出話筒……。

「韶華，我是陳皪。」

「陳大哥喔！怎麼忽然想要打電話給我？」

「想要跟妳推銷保險……」

「是喔！我還以為是靈骨塔。」

「妳什麼時候變得幽默十足。不好意思，妳高中畢業後，就沒再聯絡。還在松本製藥嗎？」

「是啊！習慣了，別的地方也沒有比較好。」

「哈哈！不太像以前的妳。」

「人總是會改變。以前想當老師，現在啊！圖個溫飽。」

「還半工半讀嗎？」

「就近讀中原大學夜間部，混張文憑。你呢？結婚了吧？幾個小孩？」

陳皪俏皮地一筆帶過，只表示目前在連城食品廠工作，然後問起藥廠近況。

「這幾年，工廠人事大更新。日本人全面退出，由台灣人接管。美凝姐當了副廠長，我現在負責人事。陳大哥，你還記得莎蜜嗎？她又回來做了。我們以前最討厭的唐祥清忽然離職，原因不明。」當韶華聽到陳皪和唐祥清一樣在連城食品廠工作，驚訝之後，趕緊改口說：「此一時、彼一時，說不定他記取教訓，重新做人。」

「不予置評。」

「看來江山易改，本性難移。不過，陳大哥你也不是省油的燈，沒在怕的啦！」

「那妳知道戴坤勤現在也在連城食品廠工作嗎？」

「知道啊！」

「我很好奇，戴坤勤在松本製藥廠做得很好。職位本來就不低，如果留著，鐵定已經是生產課的頭頭。」

「我也搞不清楚他心裡在想些什麼。」韶華嘆了一口氣，接著又說：「他離職前半年，高層發現戴坤勤花非常多的時間在動物實驗上面，而且被發現他在做一些和公司產品不相干、類似毒理或藥理方面的試驗。」

陳皪提出疑問，說：「是不是在外面接了私人的 case 或是幫朋友解決一些藥學上的問題。」

「公司高層也這麼認為，並提出質問。但是戴坤勤既不承認也不否認，然後不久就提出辭呈。」韶華降低聲音，說：「廠長找我，下次再聊。」

陳皪覺得韶華似乎不是很喜歡道人是非，所以很技巧地結束兩人的談話。

陳皪在連城食品廠工作了約半個月，也就是法國芬里露乳品公司派人來稽核新產品試製進度和成果的前一天，廠裡發生了一件天大地大的大事情。

唐祥清消失在自己的辦公室裡。

連城食品廠分成三個廠房，最大的是原物料倉庫和成品倉庫，位置在最後面。再過來，也就是居中位置的廠房是製造場所。最小、最靠近大門的是管理大樓，是獨棟的三層建築。一樓是包括生管、業務和總務等部門，有關單位的人員集中在開放式辦公室。二樓主要是財務部門，然後左右兩邊隔出高級主管的辦公室和會議室、檔案室。廠長室在接連樓梯的走廊的最盡頭，和不經常使用的總經理辦公室，以及簡單狹小的戴坤勤辦公室呈「品」字型的方位。三樓全部規畫成實驗室，為了方便實驗室人員出入，另外有室外樓梯。由於陳皪是新貴，所以特別從實驗室闢出一間辦公室給他使用，規模和裝潢自然比不上廠長室，而且位於邊邊角角。不過，陳皪並不在意，反而感到有種隱藏的安全感。

首先是姜助理發現有異……。

「因為法國芬里露乳品公司要派人來稽核，廠長交待在下午二點半以前，他要把所有的資料看一遍，並且指示我把公司英文簡介做成投影片。我弄好之後，看時鐘是二點二十五分。趕緊跑去廠長室，敲門的時候，沒反應。因為用力敲擊的關係，門就開了一大縫。我窺見廠長埋頭伏案，桌上放一瓶鹼性提神飲料「奔馬」。我本來以為他太累了，趴著睡覺。但是，他從來不曾這樣，而且左手不自然地往上翻，很奇怪。於是我把門打開，走過去看。」姜助理講到這裡，不知道是不是口乾舌燥而停頓下來。

姜助理猜想唐廠長面對明天將要進行的稽核，備感壓力，喝完提神飲料，不顧形象地趴在桌上休息。唐祥清是出了名的個性暴躁，動不動就破口罵人，要不然就是講些帶鉤掛刺的話，所以姜助理有點害怕，只是輕輕呼喊幾聲。

姜助理看唐祥清沒有回應，大著膽子過去看，發現對方似乎沒有鼻息。他有經過護理訓練，先按了按唐祥清左手的虎口，竟然沒有脈搏。大吃一驚的他趕緊再去觸摸頸動脈，證實了唐祥清已經一命嗚呼哀哉。於是，趕緊跑出去討救兵。但是，當一群人擠進廠長室，唐祥清卻不見蹤影，而且從此人間蒸發。

第五章　寫給媽咪 and 爹地的小詩

一九九五年五月

陳皓知道溪畔骷髏的身份是唐祥清之後，為了顧及唐祥清太太的心情，所以第一時間請教的對象就是連城食品廠的吳總，他們既是上司和屬下的關係，也是從小到大的朋友。吳總知道來者正是陳皪的哥哥時，立刻指示祕書以上賓款待。聽到多年前無故失蹤的唐祥清化成一堆白骨，驚訝之餘，連聲悲嘆。

由於內情尚未明朗，陳皓不便多言，先從不關痛癢的話題說起。

「我祖父到日本留學時，認識了祥清的外公鄭太平先生。他們兩個人同樣學機械，只是因緣際遇不同，畢業之後，我祖父到日本食品工廠當機械工程師，後來回台創立連城食品。鄭太平先生的家族是台中地區的百年殷商，他是眾家子弟唯一就讀大學，而且是日本知名的早稻田大學。比起當地一般工商名人，更富有學者氣質。」吳總一邊招呼陳皓喝茶、吃點心，一邊細說從頭：「祥清外婆是日本人。哈哈，我的祖父和鄭太平先生一同喜歡上那個日本小姐。留學時，我的祖父認真努力、敦厚老實，可是鄭太平先生比較英俊瀟灑，兩人的身家財產天壤之別，相比之下，立刻分出高下。不過沒有影響兩人的同窗情誼，我的祖父在兩人的婚禮擔任男儐相。婚後三年，祥清的母親就出生了。」

愛好美食的陳皓對於眼前精緻的日式茶點，毫不客氣地一口接一口，對於吳總慢條斯理、不關痛癢地講古道今，毫不在意。

「鄭太平先生從小就喜歡大自然，尤其觀察鳥類。於是他成立一個愛鳥學會，並交給一個年輕人去全權處理。近水樓台先得月，年輕人和長官的獨生女日久生情。婚後不到一年，祥清就出生了。祥清的父親為了擴大愛鳥學會，變賣了一些家產，而飽受指責。然而，他面不改色、振振有詞地表示，在他的生命中，這就是最重要的偉大事業。由於妻子和岳父的支持，旁人也不好多說話。不久，他成為一名小有名氣的鳥類學家，並著手編寫第一本，有關在台灣高山地區所發現的野生鳥類圖鑑。由於他那豐富的標本收藏，包括國內外的珍品，立刻引起動保團體的注意。」

吳總喝了一口茶。繼續說：「我小時候就聽到一些不實的的謠言——唐伯伯捕殺了許多瀕臨絕種的鳥類，甚至影射他天性嗜殺。唐伯伯百口莫辯，他曾對家父抱怨。捕捉鳥類是基於科學的理由，他熱愛那些五彩繽紛的飛禽，為了永遠保存牠們特有、而且極易凋零的美麗，不得不如此。」

陳皓想起沒落的蝴蝶王國，心有戚戚焉地說：「當時國內環保意識尚未抬頭，很多科學家、業餘愛好者、甚至利令智昏的商人都大規模濫殺。」

「祥清的外祖父過世之後，唐伯伯變本加厲，最後把家產揮霍得乾乾淨淨，還吃上官司。最不可原諒的是，他竟然以『再拚拚看』為理由，讓自己的妻子背上違反「票據法」的罪名入獄。等於無父無母的祥清只能投靠遠在日本的外婆。三年之後，外婆生病，祥清只能回台灣。沒多久，祥清的父親被黑道打到殘廢。」

陳皓了解吳總似乎想從唐祥清不幸的人生，找出他跋扈囂張的理由。人間美味吃到一個段落，對方剛好說到一個章節，趕緊插話問起唐祥清失蹤當天的狀況，總經理拍了拍額頭，說：「這麼多年了，我實在記不起來。嗯！當天我並不在工廠。這樣好了！不如直接去問令弟，或是請姜助理等相關的人來說個清楚。」

一九九〇年十月

唐祥清人間蒸發後的隔天，法國芬里露乳品公司派人來查廠。兩位稽核員，一老一少，或許因為知道工廠出事，所以稽核的項目和態度不如陳皪想像中嚴格。他們在審核配方和檢驗方法時，陳皪偶然從會議室的窗口，看見姜助理陪著一位黑衣女郎走入廠長室。

「那一位就是唐祥清的太太。」坐在身邊、和陳皪一起接受稽核的技術員阿重悄悄地對陳皪說：「可能是來拿她先生的東西吧！」

陳皪覺得那位女士看起來溫婉典雅，轉而想起唐祥清暴躁的脾氣，還有以前在松本製藥廠的「壞男人」紀錄。嘆息之餘，感到婚姻這種事令人費解。或許唐祥清有不足以對外人道也的優點，或是他的缺點正是唐太太所欣賞也說不定。

兩個老外全神專注閱讀資料，所以不理會在旁嘀嘀咕咕的兩位。

「唐太太是學物理的，在知名的食品研究所擔任研究員。他們夫妻倆的感情很好，從來不吵架。說也奇怪，唐祥清在外面凶煞神一般，回到家就變成小綿羊。」阿重瞟了陳皪一眼，自以為幽默地說：「假如我的老婆像那個唐太太一樣溫柔漂亮，我也會變成小綿羊。」

陳皪有些驚訝身旁這位屬下的改變。幾天前，也可以說唐祥清還活著的時候。他幾乎不敢和自己說話，有時不得不說的時候，也是東張西望，唯恐被人發現似地。如今卻化身嘰嘰喳喳的小鳥，看來加諸在他身上的魔咒已隨著唐祥清的失蹤而澈底消滅。

查廠的稽核員指出幾個疑點，陳皪完美的回答，讓阿重佩服不已。接著下去就是審查研發過程記錄，陳皪要阿重休息，換戴坤勤進來接受稽核。

戴坤勤本來就是個謹言慎行的人，面對查廠，緊張到有些神經質。可能受到自尊心的影響，所以對於陳皪的插嘴幫忙，顯得很不耐煩。明明外文能力很差，依然極力爭取自己發言的機會，結果把兩個外國人搞得一頭霧水。

「他們想知道如何確認製造過程中的清洗方法……」陳皪只好在不傷他自尊心的原則下，幫個小忙：「還有凝固溫度的確認……」

接任研發工作沒多久的戴坤勤可能自覺到因為技窮而詞窮，最後乾脆讓陳皪去發揮，因為太多新的理論和太多新的名詞連聽都沒聽過。

這次查廠進行地十分順利，結果也很令人滿意。同樣地，陳皪終於讓眾人刮目相看了。查廠結束，稽核員非常滿意，並給予最高評價。當五天之後，吳總找陳皪到廠長辦公室講話。

陳皪走進去，發現辦公室有些凌亂，想起唐太太帶走丈夫的私人物品的情形。那條淒楚清麗的身影，彷彿心頭抹上一道血色的晚霞。以前走進這個地方，總覺得盛氣凌人的低氣壓，現在卻有些人去樓空的淒涼。

「陳經理，請坐。」吳總坐在沙發椅上抽菸，看見陳皪，就招呼他在對面坐下來。好像思考開場白似地沈默了幾分鐘，不疾不徐地說：「我不知道唐祥清到底發生了什麼事情？可是工廠還是要運作下去，不能沒有一個帶頭的人。我看你能力不錯，人際關係也很圓融，所以我想向董事會推薦你當廠長。」

其實陳皪在吳總「召見」之前，心中大約有譜。自從唐祥清無故失蹤，大家都在猜誰是下一任的廠長，除了可能還有空降部隊之外，四個經理中就屬陳皪的呼聲最高。但是他志不在於管理，而是乳酸菌的研究，這也為什麼他要來連城食品廠的主要原因。

吳總鼓起如簧之舌，說「既然如此，麼就先代理三個月。千軍易得，一將難求，總要給公司一些時間去尋找合適的人才吧！」

於情於理，陳皪無法拒絕，只好勉強答應。

兩人再談了一些將來的計畫，吳總便開始聊起唐祥清的失蹤。

「姜助理堅持唐祥清氣絕身亡，但是事實擺在眼前。如果死了，那麼他的屍體怎麼會不翼而飛？」

「說不定唐廠長真的過世了，但是有人把他的屍體偷走。」陳皪說出他的看法，然而看到吳總不悅的神色，趕緊補充說明：「我推理劇看多了！現實生活不應該有這麼離奇的事件。我想：會不會唐祥清因為承受不了即將到來的稽核，於是昏厥過去，暫時失去生命跡象，所以被姜助理誤以為死亡。但是，他依舊無法擺脫巨大的壓力，於是一走了之。」

「你的說法有些荒謬，但是不無道理。我們只好靜觀其變，說不定再過幾天，他就出現在我們面前。」吳總提及當天的情形，說：「那天，大約一點鐘的時候，他還打電話給我，興高采烈地討論乳酸菌產品的生產線配製，這也是我無法同意你說：他無法承受被稽核的壓力。當然啦！或許是存在著什麼我們不知道的原因。」

陳皪忽然想起唐祥清的為人，樹敵甚多，會不會是……他曾經跟當警察的大哥說出自己的看法，卻不被重視。他記得當警方開始要核對報案人及失蹤人身分證明文件，唐太太不同意相片建檔，也不同意警察機關提供媒體公開協尋。僅僅同意相關公立機關以不公開方式，協助尋找，或許她認為唐祥清只是暫時離家出走，過度喧嚷，有失家族面子。

「沒想到他說走就走。唉！我怎麼忽然說出這種話，說得好像他真的死了！」吳總一邊苦笑，一邊接著說：「唐祥清對自己的要求很高。對部下的要求也很高。他曾經建議很多事情，很好也很有建設性。可是大環境使然而沒有被公司採納，就對我頗有微詞。因為他是我從小到大的朋友，有萬般不是，總有些情份存在。況且他除了幼稚不成熟、不懂做人，喜歡自以為樣樣比人強之外，工作認真、負責任感，學習能力強。所以，我也就睜一眼閉一眼。其實總歸一句話，他今天會有這人格異常，除了幼年的不幸，後來的婚姻也有很大的影響。」

陳皪默默無語，致使吳總感覺自己像是個愛嚼舌根的老太婆，就改變話題說：「關於新產品，就麻煩你多費心。」

「我會盡力而為。」

「時候不早，我要趕回總公司。」

望著吳總的背影，陳皪感到心頭有種異樣的涼意，彷彿是走入佈滿塵埃和蛛網的荒屋，連窗外的陽光，也顯得有氣無力。

既然接下代理廠長的工作，陳皪認為有重新規劃組織的必要。原則上保持原狀，但小地方就要有些變化，譬如自己就須要一些幕僚。他打開組織圖，第一眼就看到戴坤勤的名字。

不知道是不是受到吳總一席話的影響，自然而然想到戴坤勤的婚姻。據陳皪所知，戴坤勤和他的太太是經由親友介紹，婚後還算美滿。但是，後來竟然出了狀況。環視那些形形色色的婚姻，陳皪想到自己選擇單身，未曾不是一種福氣。

按下對話機，吩咐祕書請戴坤勤來一趟。

五分鐘後，穿著白色實驗衣的戴坤勤恭恭敬敬地站在陳皪的辦公室門口。

「請進。」

戴坤勤疲憊的臉皮上面還有許多探頭探腦的鬍渣。彷彿是面剛鋪好的水泥地，任陳皪的想像力在上面撩個指印，再一巴掌印上去，最後乾脆一腳踩下去。

陳皪想直接告訴戴坤勤，請他協助乳酸菌產品大量生產的計畫，可是又不知道他的程度，因為本來吳總的計畫是過了查廠之後，自己可以選擇喜歡的職務，如今計畫趕不上變化。對於戴坤勤的能力和工作態度，心存疑問。畢竟離曾經在藥廠共事，已經是多年之後。現在當同事才沒多久，加上他又不想讓別人插手他手邊的工作。陳皪既然無法把握，只好先說說不關痛癢的話吧！

「唐祥清很照顧你……」

「亂講，你不要聽別人亂講。」

陳皪沒想到戴坤勤會如此激動的辯白，於是改變話題，說：「好吧！你太太還在電腦公司上班嗎？」

「早就辭去工作，專心在家做主婦。」

「我記得你有一個小孩，多大了？」陳皪知道那個小孩是戴坤勤和「前女友」所生，因為他的「舊聞」曾經鬧得滿城風雨，後來又……

「不久就要唸小學了，皮的要死。」自始至終都寒著面孔的戴坤勤，好不容易現出笑容，同時從皮夾中抽出幾張照片，其中有一張是全家福，有個圓滾滾的小男孩，手和腳很不安份地鉤著戴坤勤的脖子和膝蓋。那樣子令陳皪不知不覺也跟著露出笑容。戴太太彷彿變了另外一個人，變形的身材不再是陳皪記憶中新娘子的模樣。

「還有這個。」戴坤勤遞過來一張影印的紙，陳皪接過來一看，原來是一首得獎的童詩，看到得獎者的名字，顯然是那個胖小子的傑作。

爸爸在抽香菸，一縷菸圈；飛上天空去，變成一朵白雲。
媽媽在炒青菜，一團水霧；飛上天空去，變成一朵白雲。
昨晚，小狗狗沒回家；我想牠也飛上天空去，變成一朵白雲。

「好可愛的小詩，真是天才。」

陳皪知道這類參賽的童詩，一般都是老師依照學齡前小朋友的想像力和口述，一字一句地寫出來。他把那張照片再拿起來細看，發現影中人除了戴坤勤一家三人之外，還有個年輕的女孩，長得清清秀秀。

依據陳皪過去的經驗，只要他表示一點點的興趣，旁人立刻就大敲邊鼓，所以他很快就把那張照片還給戴坤勤。

陳皪不知道自己有沒有表現出什麼異樣的表情，戴坤勤振振有詞地解釋，說：「這個女孩是清大的學生，跟我們租房子。」

「啊……」陳皪看了戴坤勤一眼，顧左右而言他，說：「小孩使家庭變成歡樂天堂。」

戴坤勤笑著說：「是啊！陳經理雖然年輕，不過結婚成家是早晚的事。與其晚、不如早。」

「人生的風景不同，一切隨緣。」陳皪不想多談這方面的事，隨手從檔案架拿出一疊乳酸菌的資料，然後對戴坤勤說：「這些你先看一看，然後將法國芬里露公司給我們的乳酸菌用不同的培養基試試看。記得除了看菌落的大小和多寡之外，記得要用顯微鏡觀察，同時以半流動寒天做活力實驗，另外系列生化實驗也要做做看，有問題的話，隨時和我討論。」

戴坤勤翻了翻資料，抬頭看看四周，問：「陳經理是不是要當廠長？」

「代理廠長而已，等到公司找到合適人選，我就回去做品管經理或研發經理。」陳皪不想隱瞞，順水推舟地說：「這也是為什麼我找你來的原因。我想請你兼任品管經理，主要職責是將法國芬里露公司交給我們的計畫逐步完成。」

「我想我無法勝任。」

「為什麼？」

戴坤勤眼神堅定地望著陳皪，說：「因為家裡有很多雜事，搞得我心亂如麻。過一陣子，可能要請很多天假，怕會影響公事，所以暫時不敢接下這麼重大的任務。」

陳皪講到舌頭快打結，仍然無法說服戴坤勤，只好雙手投降，說：「既然如此，我也不勉強。」

「對不起。」

「人各有志，勉強不來。所以，你也不必要太耿耿於懷。」

戴坤勤離開後，陳皪立刻陷入淡淡的無力感，沒想到剛代理廠長，擬定計畫的第一項就無法如願完成。

第六章　亂雲流水一段情

一九九五年五月

昨天，葉威廉到巷口的雜貨店買米和醬油。結帳時，有個衣冠楚楚的年輕人笑笑跟他打招呼。葉威廉實在認不出來他是誰，但還是含笑答禮。邊走、邊想對方到底是誰。回到家，從開始洗米洗菜、煮飯炒菜到吃完晚餐，葉威廉還是想不出他是誰。

今天，葉威廉上菜市場買菜。照常去平時交關的菜攤買菜時，驟然想起昨天在雜貨店門口遇見的年輕人。原來他就是葉威廉每幾天就見一次面的賣菜郎。只因為他一年三百六十五天，天天打著赤膊賣菜。葉威廉只認識他身上的刺青，忽略了他的長相。昨天，猛然看見他穿上上衣，斯斯文文的樣子彷彿看見一個全然陌生的人。這個感覺，無形中給了他一個刺激。

閒話略過，且說剛才陳皓來電，說明警方立案查辦「唐祥清的死亡事件」。同時說明他已經和連城食品廠的吳總談過，並說出弟弟陳皪曾經是唐祥清的同事，而且事發當天，他也在場。

陳皪堅信姜助理的判斷，也就是唐祥清身亡無疑，然後他的屍體被人偷走。沒想到多年之後，猜測竟然成為事實。案發之時，陳皓曾經就事論事地向哥哥陳皓表達想法。但是，由於陳皓當時別有任務，沒有實際參加辦案，所知資料甚少。何況僅僅來自陳皪等少數人的猜測之語，無法令人信服。更由於證據不足，死者家屬亦無異議，最後警方以「失蹤」結案。陳皪雖然有所抱怨，但是體諒哥哥當時還是個低階警員，而且不在其位、不謀其政。

當陳皪把當時的情況說了一遍，無意中還多說了一些內心的祕密，讓陳皓有些驚訝……。

一九九〇年十月

唐祥清人間蒸發後，他的太太來工廠收拾她先生的私人物品。正在接受法國芬里露公司稽核的陳皪眼角留意，覺得那位唐太太溫婉典雅，因此很有好感。

後來吳總表示要向董事會推薦陳皪當廠長，陳皪識大體地接受任務。

吳總談完了一些近期計畫後，便開始聊起公事之外的話題，自然而然說到唐祥清的生死之謎。陳皪對唐祥清抱持有成見，想要發表感想，竟然有些困難，只能說些冠冕堂皇的評語。

「他今天會有這人格異常，除了不幸的童年，後來的婚姻也有很大的影響。」

陳皪想起吳總不只一次說過同樣的話，眼前浮現一抹倩影。

「他們夫妻之間的問題，大概也只有我瞭解。記得我第一眼看見唐太太時，那時候他們剛認識，我直覺她是九天魔女轉世下凡，雖然講話輕聲細語，舉止端莊賢淑，可是只稍看她那雙閃爍流盼的眼眸，就可知道在她內心深處，燃燒著烈火般的熱情。別看祥清平常冷酷凌厲，對於女人見一個愛一個，可偏偏這次卻像著了魔。不但一見鍾情，更是動了真情。」

吳總聳聳肩，繼續說：「某次聚餐，他喝得酩酊大醉，由我開車送他回去，一路上不斷地訴說，他的女朋友看不起他，嫌他沒有博士學位，嫌他沒有藝術修養，嫌他出身不好，嫌他藍領階級……，說得一把眼淚一把鼻涕，把我的情緒搞得很低落。我把車停在一家酒廊，把他拖進去，叫裡面的小姐出來排成一行，任他挑選，而且整晚任他想要怎樣就怎樣。沒想到這小子不知好歹，竟然當眾說他一生一世除了她，再也不會愛別的女人了。」

在吳總又是奚落，又是感嘆的聲調中，陳皪有些訝異為什麼唐太太的臉龐一直在眼膜飄來飄去。那一天只是匆匆一瞥，然而現在卻可清晰地想起那修長的眉毛、低垂的眼簾及東方人少見的高挺鼻梁。由於咬著下唇，所以上唇微微翹起，彷彿一朵含苞待放的玫瑰花蕾。低著頭，秀髮自然地垂下來，她舉起左手把髮絲撥向耳後，那個手勢淒涼而美麗地烙印在陳皪的胸口。

吳總乾笑幾聲，談：「當時我就激他，既然那麼愛她，就一不做、二不休，上了再說。不知道他真的照我的話去做，或是事情有新的改變。總之，沒多久他們就結婚了，還請我當他們的證婚人。雖然滿堂永浴愛河、百年好合、早生貴子等等的祝辭，可是我卻有不同的感受，因此提早離席。」

「為什麼？」

「看得出來新娘的強顏歡笑。後來我偷偷問祥清，他到底是怎樣求婚成功。他冷冷地笑著，看得我心中有些毛毛地。」

「他們是怎麼認識的？」

「朋友介紹的。本來我想介紹財務部的陳小姐，可是祥清嫌人家外表不夠亮麗，當然他是不會這樣說，可是我可以感覺出來，因為同樣是男人。其實真正會分辨什麼是好女人，應該是四十歲以後，而且必須結過婚。基督教不是常說，好女人像珍珠，壞女人像破屋漏水，形容得實在是既真實又妥切。」吳總似乎是有感而發，又說：「唐太太一直都是在學術圈裡工作，遇見的人或認識的人不是教授就是博士，心目中的對象就定格成那種模式，對於一直在工廠努力奮鬥的祥清總是看不上眼，因為覺得這類人既庸俗又沒情調。這也是為什麼工廠的活動，唐太太從來就不參加，自然也不會讓祥清參加她的社交活動。不過清官難斷家務事，或許並非如此單純也說不定。」

陳皪想要多知道一些，但是又怕引起吳總的誤會，把話題轉向公事。

有關唐祥清的生死之謎，雖然謠言滿天飛，終究歸於平靜。警方派人調查，最後也是不了了之。

陳皪來連城食品廠之後，法國芬里露公司授權的產品進行順利。雖然負責研發的戴坤勤三不五時請假或曠職，還好其他部門都全力支持，因此年底可以順利上市。吳總交待下來的任務越來越多，讓他忙得不亦樂乎。因為如此，陳皪一直沒有時間好好到各部門走走，也沒機會去好好認識工廠裡的員工。唯一的辦法，就是替大家爭取應得的福利。

這幾天是秋老虎，氣溫將近三十度以上，從冷氣開得很足的屋內到陽光普照的屋外，汗水微微地滲出來。他在門口遇見姜助理，後者問他是不是要去銀馬車食研所聽演講。

陳皪被姜助理一提醒，趕緊回辦公室把文書資料和筆記放入皮包，按下對講機，交代祕書說：「王小姐，我等一下要出去聽演講，有事的話替我處理。所以不必替我訂便當。估計在下午三點多回來，如果有急於發出的公文，就先轉給姜助理處理。」

交待完畢之後，陳皪把皮包夾在腋下，快步地走向停車場。

公司的配車已經下來，但是交車手續還沒辦好，所以陳皪還是開著二手車。因為太忙碌了，沒有時間清洗，又不願意拜託祕書開去保養，看來既骯髒又老舊。以前擺在經理車位時還不覺得，現在停在廠長停車位，就顯得很寒酸。旁邊是唐祥清的黑色賓士，原本是配給陳皪。但是陳皪不喜歡，所以暫時權充公務車。只見那閃亮張揚的氣勢看起來比它的主人有過之，而無不及。不知道是不是心理作用，唐祥清彷彿還在廠房的某個角落窺視著自己。

陳皪暗暗嘆了一口氣，想想自己的薪水可說是廠內僅次於唐祥清，但是算算真正的經濟能力，實在沒資格買輛新的進口車。在連城食品廠工作的人，不乏都是繼承家產、身價上億的土豪。連守衛都有兩棟房子在出租，只因為閒著在家無聊，才出來找個事做做。也因為如此，權威式管理已經沒有人理睬。取而代之是人性化管理，部屬做錯事，不能開罵，提倡溝通開導，甚至要反過來安慰他們。因為根據管理學上的理論，人性本善，沒有人故意做錯。做錯的話，應該檢討整個制度或流程，說不定是主管本身出了問題。不然，員工一不高興，說走就走，反正不在乎區區一點點薪水，經理級人物免不得又要在產銷會議上挨一頓「轟」。唯一的例外是唐祥清的管理方式，不過由於每個員工都有被吳總或自家主管打過預防針，因此對於唐祥清口不擇言地罵人，都是唯唯諾諾、陽奉陰違。

從連城食品廠到銀馬車食研所，須要半小時的車程，一路上都是台灣鄉村的風光。綠綠的茶樹沿著起伏的山坡栽種，濃濃地印在過路人的眼睛，連心靈都清新舒暢起來。陳皪愉快地開車，暫時把惱人的事情丟開，隨著音響流出來的西洋老歌吹著口哨。夾道樹的盡頭是明亮純淨的藍天，陳皪眺望朵朵白雲，不由得又想起戴坤勤小孩所寫的詩句。忽然，他也動了詩心，自言自語地唸著……。

我在晨光裡，望著哥哥越走越小的背影；
傻傻地想：哥哥要去哪？這條路通向那裡呢？
為什麼那裡的房屋像我的積木；難道那裡就是小人國嗎？
嗯……將來有一天，我是小人國的國王。

唸到這裡，陳皪不由得笑出聲來，而幻想中小人國的城堡也出現了。

銀馬車食研所的招牌是輛馬車，此時在陽光下閃爍著銀色的光輝。銀馬車食研所是老字號銀馬車關係企業集團旗下的食品科學研究單位。銀馬車以客家美食崛起，近年來多方面經營，成績卓然。

陳皪在來賓車位停車，然後往演講廳的方向前進。由於沿途貼著歡迎海報，所以找起來並不困難。演講人是留日歸國學人，現任某日商乳酸菌飲料公司的副總，主講乳酸菌飲料的製造、品管和食療效果。

演講廳很寬大，室內設計很有科技感，座椅也很舒適，有折疊的小桌子和個人麥克風。陳皪比較早來，所以選了個合意的位子，然後取出資料和筆記簿，配合著剛領到的講義，仔細地閱讀。

銀馬車食研所的所長在鐘聲響起時，領著一位矮小的中年男子進場。此時，講堂坐了約三分之二的觀眾，陳皪的前後左右都空著。介紹完演講人的學經歷之後，演講開始了。

第一堂是九點到十點三十分，主要內容是關於製造方面——他們的做法是將純粹培養的乳酸菌接種於脫脂乳中，使其醱酵成糊狀；再配合蔗糖及廠內特殊處方，最後稀釋成製品。陳皪覺得很實用，連連舉手發問。對方可能看出陳皪不像是學生或研究人員，所以在關鍵點都有所保留，甚至在態度上有些敵意。於是陳皪在下課休息時間，也就是十點三十分到十一點這段時間，並不想去參與討論。倒了杯茶，在走廊上走來走去，欣賞著銀馬車食研所的園區風光，不由得想起以前在學校讀書和做實驗的往事。

忽然，有條素白的人影悠悠然地飄過來……。她不就是唐祥清的太太嗎？怎麼會……陳皪猛然想起吳總和阿重說過的話，難道她就在這裡工作嗎？

她迎著陽光，眼睛微微瞇著，高揚著下巴，髮絲微微地往後飛散。白色實驗衣，胸口掛著名牌，陳皪驀然想起，自己還不知道她的芳名。線條優美的小腿，包在黑色花紋的絲襪之中，配上黑色的半高跟鞋，更顯得修長而富有彈性。她左手捧著資料夾和一本厚厚的精裝書，右手不時撥著頭髮，每一次撥動，陳皪似乎感覺有陣香風襲來。然後，目不斜視地從陳皪的眼前走過去，留下一個很動人的背影。鐘聲喚回陳皪失落的魂……。

第二堂是十一點到十二點三十，講者是出身某某知名食品公司，所以偏向於「老王賣瓜」的廣告嫌疑。可能是講得不錯，大家都很專心地聽，也很熱心地發問和回答。但是對於陳皪而言，卻是痛苦的酷刑。空白的筆記簿上，或深或淺、或遠或近地浮動著唐太太的倩影。

陳皪從來沒談過真正的戀愛，只有在高中時代暗戀過英文老師。套句現代年輕人的用語——她有夠酷。在他的記憶中，她那種冷豔的眼神，謎樣的微笑不但讓想追求她的男老師又愛又怕，也成了男學生的夢中情人。他最愛聽她唸英文的聲音，低沈沙啞，就是所謂帶有磁性的嗓子；還有瞪著人看，瞳孔在光線中變化的眼睛。陳皪在中學時代非常怯弱和內向，但是為了那位英文老師，卻和班上混幫派的同學大打一架。陳皪現在想起來，有點不好意思，也有點驕傲。

事情是這樣子，有一次那位英文老師穿了件迷你裙來上課，坐在陳皪前面的同學用小鏡子去偷看她的內褲，陳皪低聲警告。那位同學自認很沒面子，就單挑陳皪「踹共」。陳皪很勇敢地接受挑戰。決鬥的經過可說是驚動全班，那位幹架老手的同學自知理虧，沒下重手，可是陳皪仍然落了個鼻青臉腫的下場。

同樣的感覺又出現了。下課鐘聲終於響起，陳皪第一個衝出講堂。

時值午休時間，往來的講師、員工和學員很多，就在陳皪步上石階時，唐太太碰巧和一位綁著辮子，像是學生的女孩子，從花崗石大廳走出來，有說有笑地往蓮花池的方向走去。

陳皪站在石階中央，約半分鐘之後，才慢慢跟上前去。

唐太太已脫去白色實驗衣，一身藍，淺藍色的襯衫和合身的深藍色窄裙更凸顯出她美好的身材。她們步上蓮花池上的虹橋，顯然是去用餐。因為在虹橋另一端的建築物門口，掛著「水蓮餐廳」的招牌。

方才，陳皪匆匆跟來，根本沒思考見到唐太太到底要說些什麼。現在，他可以利用這段緩衝的時間，好好思考一下，就像他面對一樣新產品，應思考該怎麼來準備原料的配量，要投入多少的人力，使用那一條生產線。還有最重要的一點，所需要的成本要多少？

陳皪跟著人潮走進水蓮餐廳，選了比目魚套餐。整個過程中，他的眼光不斷地掃視餐廳，唐太太和那位女學生坐在最右邊的第三排，一桌可坐四人。因為用餐的人越來越多，所以陳皪有些心急。幸好能夠及時搶在一個胖女生之前，坐到她們面前。

「妳是唐太太嗎？」

唐太太沒有回答，只用清冷的眸子凝視面前的不速之客。

陳皪一面把餐盤放在桌上，一面說：「我在連城食品工作，和唐祥清廠長是同事。曾經看過妳去過工廠，不介意我和妳們一起吧？」

唐太太一副不想說話的模樣，用湯匙撥動菜肴，把臉偏向一邊，彷彿希望她的同伴替她下逐客令。

「我姓陳，剛去連城食品不久，唐廠長的事情，廠裡員工都覺得很遺憾。」

唐太太好像聽到「笑話」似地露齒一笑，然後旋即現出感興趣的表情，說：「你姓陳，難道你就是陳皪。」

「你知道我的名字？唐廠長有提起我嗎？」

「豈止有提起，常常在罵你。」

任何人驟然聽了這種話，必定都會很窘，陳皪自然也不例外。但是看見唐太太由拒人千里，轉變成俏皮可親的樣子，心情便舒坦起來。

「他不見了，你等於也失去了一個競爭對手。」

「唐太太，請妳不要誤會。」

唐太太開始從俏皮可親，迅速恢復到拒人千里的態度。原來她的俏皮可親，事際上是冷嘲熱諷。陳皪有些不知所措，藉著開始吃食來掩飾。唐太太不理他，轉對她的同伴說：「妳剛才說到那裡？」

「我認為：如果將某種材料暴露於含有固定溫度和固定濕度的空氣之中時，該材料的物化特性會有微妙的變化，直到平衡為止。」

「妳所研究的 Micron Silicon，會隨氣流的含水率和溫度而起變化，要特別注意最終的酸鹼值和可塑度。另外，如果能夠配上據有統計意義的數據，妳的論文會更出色。」

好漂亮的女學生！當陳皪不經意地看了唐太太的同伴之後，所產生的第一印象。但是，這一眼卻有著似曾相識的感覺。唐太太的皮膚是凝脂豐潤的白，她是晶瑩清亮的白。兩條辮子垂在耳邊，襯出柳眉桃腮和明眸皓齒。如果在鬢邊插朵紫色小野花，那就活生生成了一位美麗的蒙古公主。

「陳經理，怎麼會來這裡呢？」

陳皪正在天蒼蒼、地茫茫、風吹草低見牛羊時，忽然被唐太太一問，差點噎住，喝了口湯才好整以瑕地說：「我們工廠收到貴所的邀請函，所以特地來聽演講。」

「關於那一方面？」唐太太似乎對於剛才的態度感到抱歉，所以正眼凝視陳皪，認真地問。

「乳酸菌飲料，講師都是這方面的專才，有紮實的理論基礎和豐富的實際經驗，值得一聽。」

唐太太接過陳皪遞過來的課程表，看過之後，問身邊的同伴：「下午講的是乳酸菌的食療效果，不會很專業嘛！小米，怎麼樣？我們去聽聽，好嗎？」

「不行，我下午有課。」

「那我自己去了。」唐太太笑顏如花地對陳皪，說：「如果聽不懂的地方，請你指點指點。」

「不敢當，彼此研究。」

「以前的人不是有喝酸乳會長生不老的傳說嗎？」唐太太的表情不像是嘲諷。

「長生不老的說法太誇張。不過，在東歐一帶，以酸乳為主要飲料的民族，壽命倒是比一般人長。」

「據我所知，乳酸菌所分泌的乳酸可以抑制大腸菌，或腸內的病原菌，產生整腸效果。現在的生意人很會動腦筋，硬把乳酸菌改名益生菌，身價跟著提高不少。」

「除了整腸作用之外，乳酸菌也會產生天然抗生素、胺基酸和抗生素，預防腳氣病和放射線傷害。不過要注意口腔清潔，免得引起蛀牙。」陳爍講到自己的專業，便滔滔不絕。或許，這都是男人的通病。

女學生冷冷打斷陳爍的話，問：「上官姐，妳是要直接去，還是要先回所裡？」

「我看直接去，反正也快一點鐘了。」

「那我先回去。」

「好！」

「再見。」

陳爍也想說聲再見，可是那位名叫「小米」的女學生卻不領情，正眼看也不看地離去。陳爍心裡想：難怪老美會有句諺語——一個太寂寞，三個太擁擠；兩個恰恰好。現在，正是恰恰好的時刻。

「姓複姓的很少……」陳爍望著唐太太胸前的名牌說，上面寫著上官晴。

「大家都簡稱我上官。當有人稱呼我唐太太，一時之間都不知道他們在說誰。剛結婚幾年，非常非常的不習慣。等到稍為習慣一點，他人又走了。所以，我又恢復成見山是山，見水是水的單純，單身真好。對了！聽說你還沒結婚？」

「是的！」

「祥清說你未婚，不是心理有問題，就是生理有問題。」

「奇怪，我和他並不談私事，甚至公事也很少談。」

「可是他對你很感興趣，因為你是他胸口永遠的痛。記得他曾告訴我，你部份的工作必須轉交給他時，他故意自己不做，讓別人來做。我瞭解他的心態，表示他比你高一級，除了可憐和同情之外，對於他那洋洋自得的行為，我沒有任何感覺。」

常言道：交淺不言深。這番不尋常的談話，聽在陳皪耳中，似乎話中有話，可是偏偏悟不出其中的弦外之音。不喜歡被人稱呼為唐太太的上官晴看看手錶，表示說該離開餐廳了。

到了講堂，上官晴表示等到講師人來，再進會場也不遲。於是，陳皪就倒了兩杯咖啡，其中一杯給了上官晴，然後併肩站在走廊，也就是早上陳皪看見她時，所站的位置。

講師來了，可是上官晴沒有移步，於是陳皪也跟著沒有動。講師開始在講台上侃侃而談，投影機的燈光把他的臉「投影」成小丑的面具。陳皪覺得站在門口，不但會響影學員的情緒，對講師也是一種不敬的行為，便向上官晴建議。

「我不曾來過貴所，妳就權充嚮導，帶我四處走走吧！」

「其實沒什麼好看。不過，既然沒來過，看看也好。」

上官晴說完，便領先走開。陳皪想了幾個話題，但是似乎都會扯到唐祥清，便指著周遭的建築問東問西。當他看到掛在樹梢上的白雲時，不由得又想起戴坤勤的小孩。

「我們同事有個小孩，是個天才小詩人。」

「你是說戴坤勤的小孩吧！你不知道他……」上官晴不知道想到什麼，停頓了一下，接著說：「戴坤勤曾經發生了很多事情，你早晚都會知道。」

陳皪很識相地轉移話題，問：「剛才你們在談什麼 Micron Silicon，到底是什麼東西？」

「Micron Silicon 的中文名稱叫微矽，是一種經過表面處理過的石英微粒。可以預言是二十一世紀的科技材料，目前還在實驗當中，運用在醫學上的黏著劑。因不同的酸鹼緩衝液的作用中，會形成固體或液體的交換變化，而且不會引起免疫排斥，是整型外科最期待的明星產物。」

兩人又繞到蓮花池，陳皪建議去喝杯冷飲。

「什麼？」上官晴似乎沒在注意聽。

「要不要去餐廳坐坐，喝杯清涼的飲料。」

「我想不用……」上官晴慌亂地把視線收回來。

陳皪循著她原來凝望的地方看過去，小米站在材料科學研究所二樓的窗畔，冷冷地望著兩人。

「我想今天就到此為止，再見。」

陳皪目送上官晴的同時，小米已經不見人影。就在此時此刻，陳皪才驟然明瞭，為什麼對於小米有種似曾相識的感覺，因為她就是出現在戴坤勤全家福照片中的那個唸清大的女學生。上官晴對於她的舉止態度，似乎有些顧慮，到底是為了什麼？剎那之間，陳礫非常肯定失蹤的唐祥清已經魂歸離恨天了。

第七章　彩虹煙火

一九九五年五月

火車快飛……火車快飛……

葉威廉照例一週一次在台北車站搭台鐵，回內壢的家。坐定之後，閉目養神。到了樹林睜開雙眼，略為注意周遭的乘客，只見坐在對面的乘客從他那巨大的公事包中，取出一瓶特大號的礦泉水。打開瓶蓋，對準他那山洞般的喉嚨猛灌，讓葉威廉不禁想起高中的化學老師。

據說那位老師年輕的時候，是個魅力十足的美男子。不知為什麼感情路上一直不順遂，於是心理就有些畸形發展。他不論到哪裡，總是要提個被學長暱稱為「冰箱」的公事包。公事包裡，應有盡有，所以他也有個「魔術師」的雅號。因為每次他上課，任何有缺的物品，都可以從他的公事包裡變出來。譬如說學校供應的簽字筆沒水啦，他就能立刻補足，而且顏色種類一律齊全。還有、還有……啞鈴、腳踏車輪胎充氣器、小型帆布椅、電風扇等等，只是後述的幾項只限於傳聞，葉威廉並未親眼目睹。葉威廉覺得一直看人家很不禮貌，再度閉上雙眼。

「扒手！」音量不大，可是依然引起乘客們的注意。葉威廉睜開雙眼，跟隨所有乘客的眼光投向一個年輕人和一個小孩身上。有個坐著的中年婦人，疾言厲色地對年輕人問道：「你說誰是扒手？」年輕人一時啞口。中年婦人繼續說：「你說誰的錢被扒走了？你說、你說！誰是扒手？還對著我的兒子說，好像他就是扒手似的，亂造謠言，妨害名譽。」

葉威廉看那年輕人發窘的樣子，一定覺得自己的頭像被塞進螞蟻窩。中年婦人的胸部像巨大的手風琴，迅速地擴張。同時繼續怒罵。此時，旁邊冒出個乾瘦的男子，出來打圓場。中年婦人雖然閉嘴，顯然餘怒未消。年輕人趕緊逃到別的車廂。火車到了鶯歌，那個乾瘦男子，吆喝著婦人和小孩下車。

繼續閉目養神的葉威廉，迷迷濛濛中，聽到方才的年輕人跑回來哭訴地說：「我的皮夾子被扒走了。」葉威廉好心提醒地說：「扒手就是你喊小孩子是扒手的那一群人，女的在罵你的時候，男的藉機下手，然後再假裝出來做好人。得手之後，一伙人就下車了。」

欲哭無淚的年輕人怪罪葉威廉為何不早說，當葉威廉正要辯解時，他生氣地推了葉威廉一下，害葉威廉的頭敲了一下車窗。好痛，葉威廉立刻從夢中醒來。此時火車剛好駛入目的地，好家在！這個頭敲得剛剛好。葉威廉感謝夢中那個皮夾被扒走的年輕人。

一九九〇年十月，葉威廉當時並不在台灣，後來聽到陳皓說起那則匪夷所思的「屍體憑空消失事件」，半正經、半開玩笑地說：「唐祥清可能感染某種病毒或吃了什麼毒物，吃了之後化成一道白煙，裊裊消失。」陳皓聽了之後半信半疑，畢竟世界之大，無奇不有。沒想到多年之後，唐祥清的遺骨出現在南崁溪畔。舊事重提，換作陳皓推理：唐祥清可能感染某種病毒或吃了什麼毒物，體型縮小，然後變成一具殭屍。至於如何避人耳目，陳皓說：「那是具隱形殭屍。」

雖然警方以「失蹤」結案，但是這些年來，連城食品廠中，大多數人都和陳皓有同樣的想法。三不五時，除了聚眾研究「屍體如何憑空消失」，嫌疑犯更為大家津津樂道，於是各種流言蜚語如散放在夜空中，五顏六色的煙火。

依據陳皓的密集調查，首先列出幾個熱門人選和他們可能犯罪的動機。

華麗的紅色煙火——生產部經理林進盛。

林進盛是唐祥清的學弟，只差三歲。由於一進來就當上經理，所以常常遭受唐祥清的嘲弄。什麼沒有洗米煮飯過，一上桌就吃大餐。想當年做廠長的都要配料送貨，哪像現在的經理整天躲在辦公室，喝茶吹冷氣，看看參考資料，隨手抄抄，然後丟給底下的人去做。

幸好林進盛的個性溫和，只埋首於自己的工作領域，對於唐祥清的冷嘲熱諷不聞不問。他這種麵團反應使唐祥清自覺無趣，加上對方的盡責和沒有侵略性的工作態度，致使雙方能夠「西貢無戰事」。

但是，唐祥清那種心胸狹窄，不容異己，動不動就有情緒爆發的幼稚行為，也曾惹怒了林進盛。他曾經在部門聚餐時，批評唐祥清具有「肛門期性格」。眾人的學問沒他好，紛紛要求解釋，他可能有所警惕而閉口。但有心人士探討一番之後，不但知道那五個字的意義，同時感受到林進盛的深深恨意。

肛門期性格——精神分析心理學家佛洛伊德把人類從出生到長大成人，分成幾個階段。嬰兒兩歲期之際，稱為「肛門期」。因為這段期間，幼兒由於排糞而解除內急壓力所得到的快感，所以對於肛門的活動產生滿足。但是，如果此時父母訓練得過分嚴格，兒童在情緒上會受到威脅而恐懼，也會影響他未來的人格發展。譬如個性會變得頑固剛愎、喜怒無常，甚至生活秩序紊亂，這就是所謂肛門期性格。

冰凍三尺，非一日之寒，積怨已深造成的殺人動機。提出這個假設的無聊人士堅持：人心難測，不可能也是可能啊！甚至有人繪聲繪影，林進盛時常利用下班時間配製一些奇奇怪怪的東西。還說：林進盛在唐祥清不見的當天下午一點半左右，曾經拿新產品給唐祥清試吃。是否下毒？那就天知地知了。

燦爛的綠色煙火——總務部經理李英隆。

李英隆是連城食品廠尚未在中壢工業區設廠，便已經服務多年的開國元老，年資比唐祥清多了十幾年。但是唐祥清從來就不把他放在眼裡，因為李英隆出身農家，教育程度不高，能夠在連城食品廠當上經理，完全是他的刻苦耐勞和忠心耿耿。林進盛尚未進廠時，李英隆也曾摸過一些製造技術，可是接觸到外文方面的文獻就要硬著頭皮去請教唐祥清。由於是公事，不能不答應回答，但是唇舌之間，難免又夾雜著……連這麼簡單的英文都看不懂，還當什麼經理……我這個廠長好像是萬能通，還要替別人當翻譯……。

李英隆修養不錯，對於唐祥清的不可理喻，時常一笑置之，或是以三兩撥千斤的手法擋過去。有時候，唐祥清對於他也會恨得牙癢癢地，可是無計可施。因為吳總視李英隆為心腹，是他放置在工廠中的一隻眼睛。另外他在廠內基層員工的心目中，是最有份量的一位經理，往往推不動的事件，只要李英隆出面協調，萬事就OK。所以唐祥清對於他，甚至比林進盛多一些「禮遇」。至於兩個男人間的開始交惡竟然不是為了金錢、權勢或女人，而是為了一隻狗。

有個賣包材給連城食品廠的供應商因為要出國定居，所以想把飼養的獒犬送人。說也奇怪，這位年近半百，感情生活好比苦行僧的李英隆，一見到那張其醜無比的狗臉，竟然就像關老爺遇到胭脂馬，再也不肯分開。但是家裡都是婦孺，獒犬又凶殘成性，萬一出了個意外，難免會造成千古之恨。於是就先養在工廠裡，由守衛負責洗浴餵食，只差沒掛個「長」字官階。

可能是李英隆和他的愛犬之間的濃情蜜意引起唐祥清的不快，時值守衛換了新人，就下令不准做其它的雜務，弦外之音是不准「服侍」李經理的愛犬。既然如此，李英隆只好親自下馬。餵食還好，洗浴就很麻煩，而李英隆又常常忘記。直到有一天，唐祥清忽然在產銷會議上，當著大家打開一杯有瑕疵的布丁，裡面有個小斑點。仔細一看，原來是隻跳蚤。這是多麼嚴重的問題，吳總立刻下令當時的品管經理戴坤勤追查原因。

跳蚤來自狗身，全廠就只有那隻獒犬。

戴坤勤發現布丁中的跳蚤是肢體扭黏成一團。假如跳蚤是自然落入配料槽，或是存在容器杯中，然後被固定在成品中，足部可能會扭曲，但是軀幹勢必是完整。肢體扭黏成一團，是因為跳蛋很難抓，必須先按住，再用膠水固定所呈現出來的現象。他不得不推想是不是有人設計想把那隻獒犬弄走。左思右考之後，戴坤勤決定只把前半段的報告交上去，畢竟與其得罪貴為廠長的唐祥清，不如得罪人畜無害的李英隆，什麼真理和正義只不過是騙騙人的口號。

因此也有人說李英隆在下午兩點的時候，曾進入廠長辦公室，然後匆匆地離開。聲稱有事外出，顯然是刻意逃離現場。至於用什麼方式謀殺，可能是透過某種特殊採購管道，得到那種讓醫生都會誤判成心臟病的毒藥。

奇豔的黃色煙火——廠花范秋雲。

有時候，人們會發現某一個人和他的綽號很不搭調。經打聽之後才恍然大悟。哦，原來如此！給這種人取綽號的人解釋說，這叫作缺什麼補什麼。例如說：那個人明明很胖，大家卻喊他「排骨酥」。或是說：明明很矮，卻被叫做「落腳」。所以替范秋雲取綽號為「廠花」也是基於這種理論。

范秋雲年紀三十八，長得些許姿色。只是個人審美觀有些異於常人，喜歡在頭上搬弄偉大壯麗的髮型，腰部以下又喜歡穿又緊又短的迷你裙或熱褲。因此讓人感覺頭重腳輕，隨時會「倒頭栽」。

人家說少女情懷總是詩，似乎也可以形容年近不惑、待嫁心切的范秋雲。她時常有驚人之舉，給平淡的工廠帶來無限的樂趣。譬如說，她忽然會穿一件金光閃閃的禮服，或是化個無比豔麗的舞台妝，或是灑很濃很濃的香水來上班。她也曾心血來潮地去拍了一組藝術照，然後逢人就送一張。但是，綜合以上的種種都比不上她和一位二十六歲的帥哥談戀愛的新聞來得「驚悚」。

本來大家都以為她是痴人說夢、自說自話，沒想到男主角在工廠的尾牙聚餐翩然現身，弄得大家無心聽唐祥清激勵人心的演講，頻頻回首凝視那位宛如蘇有朋翻版的男孩子。相形之下，范秋雲則是得意揚揚的星媽。

范秋雲的男友曝光之後，大家就東說西講，甚至李英隆、姜助理都會好心地對范秋雲說：「凡事小心，不要以後人財兩失。」

像這樣一名女子，壓根不會和高高在上的廠長有交集。只因為破壞了唐祥清在尾牙聚餐的演講，因而讓後者懷恨在心。因此三不五時在大庭廣眾，冷言冷語地說：「就怕別人騙錢不騙身。」話傳到范秋雲的耳中，非但不敢言，也不敢怒。

後來的一次就欺人太甚了。范秋雲是有點三八，對於男同事或女同事，講起話來都習慣性的動手動腳。唐祥清有次看見她伸手捏一個男同事的屁股，立刻橫眉豎眼，大聲怒喝：「不要臉的花痴。」畢竟是個女孩子，縱然多麼的大而化之、粗枝大葉，也擋不住這致命的一擊，於是哭了。

所以也有人暗中議論，范秋雲雖然當天下午都沒去過廠長室，可是當唐祥清的死訊傳開時，她立刻面如土色，全身發抖。其中必有隱情，聽說她請人施法給唐祥清下了降頭。眾說紛紜，沒有想到幾天後，距離不遠的松本製藥廠發生了類似的女工命案，而死者和范秋雲有諸多相似之處。

除了以上三位動機明顯的「嫌疑犯」之外，還有很多人被一堆無聊的舌頭，捲入是非圈裡。嫌疑犯名單還包括可能早就懷恨在心的姜助理、可能謀殺親夫的唐太太、可能反目成仇的戴坤勤和死對頭陳皪等等。

唐祥清是在下午失蹤，當天上午「連城食品廠」還發生了一件事故。

一九九〇年十月

連城食品廠從原料入廠、驗收、清潔消毒、調理分裝，各製程都符合食品GMP的要求。至於成品檢驗合格出廠，溫控運輸到各個場所，再販售給消費者，每個環節也都嚴格把關。

技術員阿重在品管實驗室等待樣本實驗結果，無聊地望著窗外。連城食品廠的廠房佔地極廣，新穎的建築設計在中壢工業區中，獨樹一幟。尤其是那塊象徵「連城食品廠」精神的MARK，正英姿勃發地面對淺灰色的晨光。

一輛運奶車正緩緩駛入大門，經過警衛確認之後，便停在生乳室的門口。暱稱「黑卒仔」的司機身手矯健地跳下來，墨鏡遮不住他年輕的面孔。只見細長的鼻梁到了鼻翼之處，突然左右開弓似地隆起兩個有洞的山丘。暗紫色的唇片一掀一掀地，使沒注意看的人，以為他正在自言自語，或是哼著不完整的歌曲。此時的他呈現有異於平常的焦慮，連藏在墨鏡之後的困惑也顯而易見。

運奶車中的生乳攪拌好之後，阿重用塑膠杯盛了些樣本，然後在生乳室的實驗桌上化驗。首先量溫度、比重……黑卒仔則默默地坐在一旁等待。

阿重突然叫道：「百分之七十五的酒精反應有微弱的陽性變化，不過百分之七十的可以pass，這批生奶只能用在布丁的製造了。」

黑卒仔依然悶不吭聲……。過了半小時之後，阿重皺著眉頭，很無奈地對他說：「美藍實驗在三十分鐘就褪色了。抱歉，這批生乳不能收。」

在生乳檢驗項目中，酒精反應是檢驗牛奶的蛋白質是否變性，而美藍實驗是檢驗牛奶是否遭受微生物的污染。美藍是一種色素，極易被微生物分解。所以加入美藍的牛奶愈不容易褪色，表示細菌數愈少，品質愈高，也是牛奶級數的分類指標。

阿重訝異地看著黑卒仔奪門而出，對另外一位工作人員說：「黑卒仔怎麼啦？」

「是啊！看起來怪怪的，以前也有過這種情形，牛奶被退，他就跳起來，罵我們檢驗有問題。」

「可見這批牛奶的確有問題。」阿重一面收拾儀器，一面眺望窗外，說：「想當初為了生奶有問題，我們南下去解決，差點受到酪農的圍毆。」

「還不都是那個天兵廠長，合約明明寫得很清楚，還要我們……不知道他要運到哪兒去？」

阿重看著運奶車一反常態地慢慢往工廠後方開過去，然後停在管理大樓的邊邊。他迷惑地看著身邊的同事，說：「以前不合格的生奶要倒在廢水池裡，環保工程師不准。我想大概運到某個河流，偷偷倒掉吧！」

「會不會再賣給別的廠商？」同事有些疑慮。

「絕對不會，不合格的牛奶都會被染成紅色。」

此時，陽光宛若無數金色的蝗蟲般地湧入實驗室。若在平日，這是一件大事，不過後來被接踵而來的唐祥清失蹤事件淹沒。

第八章　巨棺

一九九五年六月

明天就是端午節，葉威廉想起小時候的的點點滴滴……。

媽媽的粽子從採購粽葉、糯米等原物料到蒸熟後的大功告成，之間的製作過程都是一手包辦。難得的是她會因客戶需求，而製作不同規格的粽子。外公要吃素的、所以要排在第一批，之後是她們的媒人五嬸婆和三姑婆。葉威廉忘了五嬸婆喜歡吃什麼，只記得明定要十個，而且要父親在端午節前一天送過去，總之很麻煩就是了。當時住在附近的三姑婆就 nice 很多，送什麼給她都好。

以上兩位長輩的要求明確，使命必達。媽媽最頭痛的就是和葉威廉的大姑姑互送粽子。大姑姑廚藝精湛，用料更是霸氣，一個粽子比別人的大了許多，裡面是山珍海味、應有盡有。如果用女人來比喻，大姑的粽子是豪門貴婦，葉威廉家的是小家碧玉。至於葉威廉家裡又分兩派，爸爸喜歡加金鉤蝦、蚵乾、肥豬肉等等，葉威廉只愛瘦豬肉、蛋黃和栗子，所以又要分批加料。後來葉威廉漸漸年長、爸爸漸漸老去，他們的口味就自然統一了。

出了社會、獨立賺錢，葉威廉不忍心看媽媽這麼辛苦的包粽子。於是每到端午節，就去買幾個意思意思一下。其實喜歡吃粽子的葉威廉每個月都會吃上幾個。如今市場上各式各樣的粽子，別有風味。但是不知道為什麼，總是無法吃出童年的滋味。

當葉威廉正在頂好超市型錄上，勾選要買哪些粽子時，陳皓拎著一串大約有十來個粽子來訪。葉威廉收手接下，開始討論起「唐祥清死亡事件」。

陳皓從陳皪口中聽到一些訊息，他覺得對釐清「消失的屍體」之謎很有幫助。其中關鍵人物是當時在連城食品廠擔任技術員一職的阿重。那個「重」本應該唸做「崇」，但是大家故意念成「眾」。阿重不重，第一眼給人「輕飄飄」的感覺。

阿重是個鬼頭鬼腦的年輕人，也是個標準推理迷，時常在風靡一時的《推理雜誌》發表評論。對於「消失的屍體」，他曾提出「化成白煙」和「變成殭屍」等等理論，其中還把可能犯罪的手法說給陳皪聽。陳皪轉告給當警察的哥哥聽，讓警方意外地解破另一宗命案，那是另一則故事。

一九九〇年十月

連城食品廠發生了驚天動地的大事，但是在吳總和代理廠長陳皪軟硬兼施的管理政策之下，穩住大局。另外，當天早晨的牛奶品質出了問題，酪農竟然毫無異議接受退貨，第二天的牛奶也都恢復到以往的規格和純度，只是運奶車的黑卒仔變得陰陽怪氣。

「黑卒仔！」阿重拍著正在沖洗運奶車的司機，輕喊一聲。

「啊！」可能是過份專心工作，被人猛然一拍，竟然像女生一樣嚇出尖叫聲來。沾著紅色檳榔汁的嘴唇，益使臉色煞白。

「你……你是看到鬼了嗎？怎麼嚇成這個樣子。」

「幹你娘，走路沒出聲。我看到你這個大頭鬼。」挺直腰桿的黑卒仔狠狠地罵起來，把個老實的阿重弄得手足無措，只好訕訕地走上三樓的實驗室，準備向同仁告狀。

當他推開掛著「實驗室重地，閒人勿進」牌子的門時，耳前就響滿了各種雜音，其中最有權威性的是最資深的老尚，不僅嗓門大，中氣十足。難能可貴的是只說不聽，絲毫不受旁人影響，於是逐漸排斥異已，只留下他的正義之聲。此時，他正在發表的演說是幾天前的唐祥清死亡事件。雖然有人堅持是「失蹤事件」，老尚堅持是「死亡事件」。

阿重站在大腹便便的凱珠身邊，看她熟練地操作「測乳脂肪」的機器。一股氨氣刺鼻而入，被黑卒仔幹罵的阿重看來氣已經消失了。不知什麼時候，老尚的演講改了主題，說起有關昨天發生的驚人命案。他早就收集所有的資料，包括報紙記載和道聽塗說，加上他海闊天空的想像力，轉換成一場又一場的 Talking show，把實驗室的人馬唬得耳朵都快要掉下來。

「……所以我說呀！妳們這些小妞，以後少到工業區後頭的那片小樹林，如今出了人命，奇怪的東西就更多囉！」

「少在那裡嚇唬人。」凱珠趁著機器停歇之際，回過頭來頂老尚一句，她也是品管員，頂了個大肚子，看來有些色衰，可能是和她婆婆一直要她生個男孩有關吧！因為結婚三年，已經有兩個女兒了。

「本來以為死者是唐廠長，姜助理還被警察找去認屍。」人死為大，大家沒有繼續講些不敬或刻薄的風涼話。

彭先生忙著配「培養基」，嘴巴不閒著，問道：「聽說死者是南投人，怎麼跑到中壢來，還死得這麼慘。不知道是與人結怨，還是和情殺有關？」

老尚揚揚手中的報紙，說：「死者叫做李福發，今年三十二歲，台南埔里人，是個遊手好閒的人……」阿重聽到老尚講到這裡，心弦「咚」地彈出一個高音，因為黑卒仔運的牛奶正是由埔里那邊的酪農生產。不過他並無出聲，只是靜靜地聽，靜靜地推理。

「有人還看他和鄰居吵架，好像是欠錢不還，沒想到還是難逃仇家的追殺，被人亂棒打死，丟棄在我們工業區後頭的那片雜樹林裡。」

「報紙好像沒有這樣說，你少蓋了。」凱珠摸摸肚皮，似乎不願意小傢伙聽見，有損胎教。

「這是我的推理。依據法醫的判斷，李福發的死亡時間不會超過十二小時，也就是前天晚上被人打死。他白天還在南部，從南部來到這裡要多少時間，你們可以計算一下，所以一定是在前晚北上，可能找朋友借錢或什麼的，然後一言不合被打死，最終棄屍在那裡。」

「棄屍？據說命案的第一現場是在另外的地方……」彭先生還沒有說完，就被老尚接下去說：「不是據說，是事實證明。因為在發現屍體的地方，既沒有打鬥的痕跡，也沒有什麼血跡。」

彭先生似乎不太滿意自己的話，被老尚的舌頭剪斷。恰好看到站在角落的阿重，說：「那個運奶車司機黑卒仔不也是埔里人嗎？說不定和死者認識，你去打聽打聽有沒有什麼報上沒有透露的新聞。」

阿重正想發表感想時，生產部的鈴聲響了幾聲，通知實驗室的人去取樣。於是，阿重便默默地拿出取樣工具。走在通往生產部的長廊時，他的內心恰似一本厚厚的字典，寫滿了資料，但是又不知從何處尋起。

又是個一大早起來就會令人大喊「熱死了」的早晨。不過，如果不用上班，而能坐在陽台的餐桌畔，吃著鬆軟的火腿三明治，還有一大杯沾著水珠的新鮮柳橙汁，聽著起起落落的鳥唱。飽含芬多精的清風，迎面徐徐吹來……那便是個相當不錯的早晨。

可憐的阿重當然沒有這份福氣，如今急得滿頭大汗。因為運奶車的黑卒仔還沒有來，整個生產線勢必將要停頓下來。看到阿重打完電話，彭先生關切地問結果。

阿重哭喪著臉說：「他們說運奶車早就開出來，怎麼到現在還看不到，怎麼辦？會不會發生車禍？」

「謝天謝地，終於來了。」彭先生眼尖，瞥見一輛揹著不鏽鋼大圓筒的運奶車，正施施然地穿過工廠大門，沿著草坪開過來。

阿重罵了句三字經，往運奶車衝去。

沒想到從駕駛座跳下來的是個陌生的男人，小小的眼睛透著冷煞的狠勁，把阿重衝向喉頭的責問，拂花吹柳似的倒入酸水直冒的胃袋中。

對方嘴角的兩邊肌肉微微鼓動，算是對阿重的致意，說：「黑卒仔回家吃自己，換我開運奶車，第一次路不熟，來晚了，對不起。」

對方毫無誠意，不過勉強也算是道歉。阿重不願節外生枝，只催促他快點動作，以便化驗合格之後，便可將生奶抽入生產部的調製桶內。兩人七手八腳地工作，阿重還在猜想黑卒仔為什麼辭職不幹呢？

隨著分針不斷往前轉，溫度計的紅線也猛往上竄，阿重用手背擦了擦額頭的汗水。運奶車的馬達開始轉動、生奶順勢滾滾前流。

阿重覺得一切正常，於是對新來的運奶車司機做自我介紹。

對方看他誠懇，於是也很客氣地回答：「敝姓游，所以大家都叫我阿不拉，以後請多多指教。」

「那裡，那裡。游先生也是埔里人嗎？」

「是啊！」

「我們這裡發生命案，死者是埔里人。」

「死者李福發就是我的鄰居，我們很熟。」這個貌似凶狠，其實淳樸的阿不拉先生似乎很為家鄉的名字，能夠頻頻上報而引以為榮，興高采烈地說下去：「黑卒仔因為涉嫌命案，所以無法繼續工作……」

阿重低呼了一聲，心中充滿了疑惑，耳朵像警戒的貓尾巴似地豎著。

「李福發欠了黑卒仔很多賭債，黑卒仔向他催討，李福發非但不還，反而說了風涼話。黑卒仔便出手揍他，李福發也不甘示弱地回擊。經人勸開之後，黑卒仔就放出狠話。當晚，李福發的家人說，李福發接到黑卒仔的電話，外出之後就一夜不歸。因為這事經常發生，他們也沒有大驚小怪。」阿不拉連聲嘆氣，說：「沒想到再看到李福發的時候，已經是一具傷痕累累的屍體。至於為什麼會被棄屍在中壢工業區的小樹林，讓人想不透啊！」

這個時候，輸送牛奶的塑膠管出了點狀況，馬達轉動不順。阿重跑過去弄了幾分鐘，恢復正常後，才又跑回來。雖是初次見面，阿不拉和阿重似乎很投緣，愉快地接下方才未完結的話題。

「不過，有人說在晚上十二點多時，曾經看見黑卒仔在運奶車附近，舉止十分怪異。黑卒仔當然否認，他說第二天一大早就要運奶車，所以不到十點就睡了，證人是他那個當了好幾十年寡婦的老母。」

阿重不由得想起黑卒仔，那張煞白的臉，以及沾著紅色檳榔汁的嘴唇。他抬頭看到二樓廠長室的窗戶，想起老尚曾經說過的話。

「總之，黑卒仔有太多不利的證據。然而在檢察官那邊，也有很多不知如何解釋的地方。最重要的一點是死亡時間。從發現屍體的時間往後推算，死亡時間不超過十二小時，如果死亡的地點是在南投，棄屍地點是在中壢工業區的小樹林。這段時間，黑卒仔有完璧的不在場證明。除非他託人搬運，不過，到底會是誰啊？」

彷彿靈光乍現，熟讀犯罪推理小說的阿重終於在心中找到了能夠合情合理地解釋「不合理死亡時間」。由於沉迷於推理，阿重不像往日一般出手幫忙輸送生奶，只呆呆站在一邊。瞳孔中忙碌的阿不拉恰似分裂生殖，剎那間由一變為二，由二變四，由四變八……內心也瀰漫了快樂的滿足感。

「難道屍體是因為經過特殊處理，而造成法醫的誤判嗎？」到底是哪一篇文章這樣寫過：「屍體的崩壞主要來自肉身溶解及腐敗的交叉過程。溶解是臟器組織中之酵素作用，所致嫌氣性的死後分解，腐敗則是細菌所致的氮化物之分解。理論上而言，空氣侵入愈多，屍體崩壞愈快。另外過高或過低的溫度，也會影響屍體崩壞的進度，因為高溫會乾燥，低溫會凍結。正確估計：5度C以下或50度C以上時幾乎不出現腐敗，0度C時的屍體停止崩壞。」

「另外判斷死亡的時間有體溫和屍斑。」阿重的眼神飄也似地掠過阿不拉的肩膀，停在運奶車上面。不鏽鋼的長型圓筒在熾熱的陽光下，反映出既刺目又刺心的銀輝，很容易令人聯想到埃及法老王的巨棺。

「由於李福發是被棄屍於室外，如果當天日夜溫差大，所以體溫僅能列於參考價值。所謂屍斑，是指血液沉澱，集積在皮膚下致皮膚外表出現變色的斑紋。死亡時間愈長，血液愈積愈多，致使屍斑漸次變大，但是會和外界溫度成正比。所以我個人的推理是……」

「法醫所判定的死亡時間不正確，因為屍體經過低溫處理，也就是說李福發在家鄉被殺，然後被運送到北部來，這段時間處於冷藏情況，這就合乎了黑卒仔是兇手的現象。」一股寒氣從阿重的腳心，裊裊往上升。他認為：「黑卒仔殺害李福發之後，將屍體包好，置入運奶車中，藉機丟棄在工業區的樹林。運奶車的溫度通常都保持在2度C至6度C之間，所以延長了死屍的崩壞時間。而且運送過程中的震動，也使屍斑不易形成，造成另一種假象。」

阿重不知不覺中坐下來，擺出了羅丹的沉思者雕像的姿勢，自言自語地說：「難怪那一次的牛奶，品質壞得離譜，原來裡頭擱了具屍體。難怪我們化驗不合格時，黑卒仔並沒有表示異議，他害怕再取樣化驗時，會發現駭人的一幕。」

自以為是個名偵探的阿重，感覺頭上的陽光恰似紛紛灑落的黃金，無比的榮耀，耳畔彷彿依稀地響起艾爾加爵士的《威風凜凜進行曲》。

「這些都是沒有直接證據的推理，在法律上可能站不住腳。不過，一切屬實的話，警方應該再好好檢查李福發的屍體，尤其是頭髮。因為再好的包裝，也無法保證長時間浸在牛奶，不會有任何的滲透。尤其是牛奶的蛋白質是非常容易鑑別……」阿重又想到什麼，指著輸送牛奶的塑膠管，說：「剛才那裡不是出了點狀況嗎？馬達不順，不正是屍體卡在那裡造成的嗎？」

第九章　不是密室的密室

一九九五年六月

陳皓送來的粽子號稱包有市面上少見的金鉤蝦和蚵乾，餡料還有葉威廉這輩子從來沒吃過的蒲燒鰻。拉開棉線，撥開粽葉，色香就不必畫蛇添足地形容。趕緊咬上一口，葉威廉只能抄襲地說：「味蕾開始跳舞，而且是曼妙的彩帶舞。」

「這是我的長輩親手包的，不過我們都叫他『謝老大』。除了包粽子和油飯料理，還會唱好聽的歌，會寫詩和文章，喜歡喝酒，除了相親相愛的家人，還有一隻可愛的老狗『東妹』。他熱心公益、廣結善緣……」陳皓聊完謝老大之後，正式進入今天來訪的主題。

「所以，阿重認為黑卒仔殺害李福發之後，將屍體丟進運奶車，再丟棄在工業區的樹林。因為運奶車的低溫所以延長了屍體的崩壞，還有運送過程中的震動，也使屍斑不易形成，混淆了死亡時間。」葉威廉重複了陳皓從陳爍聽來的說話，這段話當然只是連城食品廠內部的流言蜚語，沒有納入警方的辦案紀錄。

「是。」

「我有不同看法。」葉威廉說：「如果李福發被黑卒仔殺害，丟在運奶車後，運至連城食品廠。別說什麼百分之七十五的酒精反應有微弱的陽性變化，或美藍實驗在三十分鐘就褪色了。阿重採取樣本時，肉眼立刻就可以判斷，說不定還有異味。不過誠如你所說，或許唐祥清過世，不管是被殺、自殺或病死，屍體可能被藏匿在運奶車。你既然有這種想法，警方應該有所行動。」

「沒錯，以上資料就是我弟弟提供。事過多年，所幸我們可以從連城食品廠的舊日檔案，調出唐祥清消失當天，運奶車的車號。然後盡量調查離開連城食品廠之後的動向，但是非常困難。」陳皓繼續說：「對了！除了剛才說的，還有一件非常重要的事情。」

「是不是唐祥清遺體消失後的隔幾天，同樣在中壢工業區的松本製藥廠的女工被殺事件。」

「你真是事前諸葛，好像是我肚子裡的蛔蟲。」

「那件案子，我雖然沒有參加，但是有聽你說過，有些印象。尤其是死者生前曾經透露她殺了唐祥清。」

一九九〇年十月

松本製藥廠設廠時，四周還是未開發的荒地，長滿了雜草和疏疏落落的矮樹叢，然而不到數年，到處都是工廠。尤其是知名的國際大廠都紛紛來駐區設廠。原本周邊畸零的草地，也脫胎換骨成美輪美奐的公園。長短高矮不一的建築物，如雨後春筍，到處都是新興的社區。

擔任人事課長的韶華和副廠長美凝討論完新人教育訓練的計畫，走出生產部。天空看起來很遼闊，停留著好幾朵白雲，韶華不禁想起戴坤勤小孩寫過的小詩，不禁起了童心，猜想哪一朵白雲是香菸的煙圈，哪一朵白雲是炒青菜時揚起的水霧？至於飛到靠近地平線的那朵雲，可能就是那隻流浪的小狗狗吧！然後，不由自主地想起戴坤勤痛苦的經歷。他的小孩幾年前罹癌過世，不過他閉口不談，所以旁人不知。只因為韶華經手他的人事資料才知道內情，也為他嚴守祕密。

有幾個員工在廠外抽菸聊天，因為韶華為人親和，所以沒有特意迴避，只是略帶尷尬地把菸頭捏熄，以及把靠在牆壁的身體站直。他們在聊天的時候，眼光頻頻望向包材倉庫，韶華跟隨看過去，注意到雙眼紅腫的莎蜜坐在棧板上發呆。

莎蜜因為和唐祥清的不倫戀鬧得滿城風雨，就主動離職。從此也沒有再和韶華聯絡，直到那一天……。

「韶華，妳還記得我嗎？」

韶華在台北世貿大樓前等車，有個很「妖豔」的女孩走過來，開口就是這麼一句。她穿著緊身的黑色衣褲，露出中間的一截。小巧的肚臍在麥色的腰身閃著光，韶華仔細一看，原來是個金屬扣環。

「對不起，我實在記不起來了。」韶華覺得很不好意思，可是真的就是想不起對方是誰。

「第一個提示……」她的五官中，嘴唇最美。厚厚小小的，彷彿一粒嬌豔欲滴的櫻桃，鮮潤的口紅當然是功不可沒。

當她還沒講完提示，韶華立刻就想起來。對！她就是莎蜜。兩個女孩子又抱又笑，足足講了十幾分鐘的傻話之後，莎蜜才問韶華急不急著去辦事，不然就一起去喝咖啡。

韶華偶遇久別的莎蜜，所以立刻答應。跟著走時，韶華聞著由莎蜜身上飄散出來的香氣，默默計算兩人到底有多久沒見面。而在這段時間裡，對方如何彩繪人生？

山道士大飯店二樓的咖啡座，簡直就像時尚雜誌中撕下來的一頁。韶華從來沒來過這麼精緻豪華的地方，興奮之餘，有些緊張，唯恐被人家看出沒見過世面的土氣。莎蜜神色自若，彷彿在自家的餐廳，還擺出類似大明星的手勢和坐姿，以及撩人的風情。

「韶華，妳要點什麼？」

「我……果汁好了。」

「什麼樣的的果汁？」莎蜜問了一聲，然後說了十來個名字。

「柳澄汁。」韶華小聲地說。

「這位小姐要柳澄汁，我要一壺你們家特調的薰衣草茶。」莎蜜的頭部微微往左方上揚，在悠揚的琴聲和金碧輝煌的背景襯托下，比剛才在台北街頭的相遇又要美麗許多。染成亞麻色的頭髮又濃又密，像兩片雲狀的盾牌保護著她的耳朵。精心描繪過的眉毛使底下的眼神更加水汪汪地神采逼人，紫色的眼影讓韶華浮想起貼在車廂最近流行的蜜絲佛陀化妝品廣告。一雙媚眼，旁邊寫著：「每一次的星眸瞬盼，都是一個浪漫傳奇的開始；陌生和熟悉，曾經與嚮往，在愛麗斯爾的國度裡流連交替。」

「韶華。」

「哦！」

「看妳，神魂都不知飛到那裡去？」

「莎蜜，妳變得好美好美、好漂亮喔。」

「謝謝妳。相由心生，只要有自信，就可以了。」莎蜜微笑地用手去撥頭髮，耳朵露出來，還有一串銀色的葡萄。

服務生把飲料端來之後，同時親切地告訴她們，歐式自助茶點開始供應。莎蜜率先去拿了幾樣小點心，韶華盡量學她的樣態。

「我常常想起以前，我們一起在藥品檢查室工作的情形。妳現在是工作，還是讀書？」

「白天還在以前那家藥廠工作，晚上在大學讀書。」

「哇塞，那妳已經是大學生了。」

「只是混張文憑而已。」

「不要那麼謙虛，我知道妳的夢想再不久就會實現。」

韶華回憶起兩人曾經的友誼，從惘然若失的情懷慢慢昇華成無限惆悵。莎蜜挑起一塊貼著奇異果的小蛋糕來吃，聊著聊著，她很自然問起陳皪。

「我們很久沒聯絡了。」韶華不想和莎蜜聊起陳皪，反問：「那妳呢？」

「嗯！幫朋友顧店。」不知為什麼，莎蜜的臉色漸漸黯淡下來，話也少了下來，似乎有口難言。

韶華想起以前，唐祥清常常把生產計畫弄錯，每當趕貨，就要其他部門派員支援，自己和莎蜜總是逃不掉。記得有一次……。

「討厭死了，分明是找我們麻煩嘛！」

「沒辦法。」韶華回頭一看，說：「好多人喔！」

「他們都是被唐課長抓公差的，人多好做事，而且很好玩。」

做到一半，有個男孩跟大家說：「莎蜜很會唱歌。」

那個男孩就是韶華第一天來上班時，舉辦迎新晚會的主持人。他留著平頭，更凸顯出他的國字臉，所以外號叫做方頭。方頭非常熱衷政治活動，時常跟著在野黨上街頭。當時聽說，他和韶華同組的小蓮走得很近。後來，他們果然有情人終成眷屬。

方頭開口要求莎蜜唱歌，於是大家跟著起鬨。韶華出面替莎蜜拒絕，因為害怕唐課長和日本人會忽然出現，然後把莎蜜記過，像學校的訓導主任。萬一要扣錢，或是被開除就完蛋了！她不願意和莎蜜分開。

「才一首歌而已，沒關係啦！」

「我去看他們在哪裡？」

「快去拉！」

「唐課長和日本人在外面抽菸、喝咖啡，暫時不會過來。」

「唱啦！唱啦！不然我們不跟妳好。」

莎蜜沒辦法，只好唱一首江蕙的〈妳著忍耐〉，愈唱愈起勁。突然整個空間陷入一個非常可怕的寧靜中，只有莎蜜的「女性不是無氣概，暗暗目屎吞腹內」孤單地迴旋飄盪。大家回頭望去，竟然是唐祥清那張似笑非笑的臉。

韶華嚇死了，莎蜜那些大珠小珠落玉盤般的歌聲，驟然變成大冰雹、小冰雹地穿入耳朵，打在心臟。

經過一陣殘酷冷肅的靜默，唐祥清指著莎蜜大叫：「工廠花錢請妳來幹什麼？來吃飯唱歌。等一下我就去告訴日本人，叫他們把妳『哭斃』。」

莎蜜自知理虧，所以冷著臉，默默回瞪著唐祥清。膽小如鼠的韶華，眼珠子立刻泡在淚水裡。唐祥清走了之後，韶華趕緊問一個懂日文的歐巴桑說：「『哭斃』是什麼意思呢？」

「就是『開除』的意思。」

方頭覺得很糗，表示萬一有事，他絕對不會坐視不管。莎蜜撇撇嘴，低聲罵道：「我才不怕那個漢奸、走狗。」

歐巴桑說：「千萬不要給他聽到，否則就別想調薪。以前有個新來的，不認識日本人，就沒有和他們『挨殺子』。『挨殺子』就是打招呼，其實是鞠躬敬禮。日本人很不高興，但是又拿他沒辦法。唐課長看在眼裡，記在心裡。到調薪的時候，就隨便按個勤務不佳的帽子。這一招最合日本人的心意，於是他的薪水自然就調得比別的課長多很多。」

莎蜜做了個「有什麼了不起」的表情，不屑地說：「頂多走路算了，他敢對本姑娘怎麼樣呢？」

韶華從來沒想過他們會走在一起，只是唐祥清後來結婚，但新娘不是莎蜜。既然如此，往事最好如煙散去，不必回首，更不要回味。兩人只有那麼相遇一次，後來沒再見過面，直到某一天下班前的半小時，美凝忽然面色陰鬱地出現在她的面前。

「韶華。妳有沒有聽過『中壢工業區的灰姑娘』？」

「有啊！聽說最近每當上下班時間，就會出現一個穿著豪華禮服和配戴閃閃發亮首飾的女郎。」

「妳猜她是誰？」

韶華沒耐心，直接要答案。

「今天妳搭我的車回家，妳自己看看她是誰。」

美凝催促韶華趕緊整理好文件，然後自己先往停車場走去。

韶華一進入車子，美凝立刻開動，一反常態地急急躁躁，連守衛的敬禮也沒有回應。車子開到吉林路和北園路的交叉口才慢慢放慢速度，雙眼似乎在找尋什麼目標。

「妳看那裡！」

韶華隨著美凝的指示望著左手邊的人行道，只見一個女人，穿著宛如模仿英國皇室服飾的舞台裝。她一手提著裙擺，一手撐著同樣花色的小洋傘，碎步地穿過斑馬線。此時剛好有一輛大卡車開過來，她放下裙擺，帶著少女般嬌羞的微笑，往司機輕輕揮手，彷彿是說——小心呀！不要撞到我。嚼著檳榔的司機足足凝視她約五分鐘，離去時依然頻頻回首。接下來的車輛也都慢下速度，紛紛向她行注目禮。原來她就是「中壢工業區的灰姑娘」！韶華饒感興致地望著那條飾染滄桑的背影，對於美凝的發問，茫然搖頭。

「她是莎蜜！」

「她是莎蜜？」

「是！她就是莎蜜！」

「沒錯！可是莎蜜她怎麼……變這樣？」

幾分鐘前的驚鴻一瞥，莎蜜的臉顯然已經不年輕，甚至可以用蒼老來形容。然而在那濃妝豔抹和奇裝異服的輝映之下，有種迴光返照的美。

兩人互視幾分鐘，心有靈犀地做了決定。是的，她們後來找上莎蜜，並說服她重回松本製藥廠。其實，莎蜜的精神異常極度輕微，只是行為怪異。

韶華找上莎蜜的家人，才知道莎蜜在感情路上，一路走來曲折坎坷。韶華只知道，她和唐祥清的一段，想當然爾以悲劇收場。莎蜜後來曾經和一個大學生談戀愛，可是男方的家長反對，嫌棄莎蜜出身不好、學歷不好。那個大學生一心想為台灣這塊土地做些什麼，並積極參加社會街頭運動。後來好不容易男方的家長答應兩人成婚。

兩人結婚當天，該社會街頭運動的成員全數參加。他們囂張的言論，引起當局注意，警員前來警告，並驅散民眾。這麼一來，那些唯恐天下不亂的好事之徒藉機召集更多人來，最後造成警民衝突，導致數十人輕重傷，其中首當其衝的新郎不治身亡。莎蜜的家人說明：莎蜜身上穿的豪華禮服、配戴的首飾都是當年她結婚時的裝扮。

莎蜜自從回到松本製藥廠，老同事小蓮在韶華和美凝的吩咐下，答應幫助她建立信心，並且保護她不受其他同事的欺負。莎蜜雖然恢復正常，但是依然有些畏縮和自閉，所以美凝將她安置在工廠最隱密的特殊藥品無菌充填室單獨作業。

陽光從大門射進來，恰好在莎蜜的腳前畫了個金色的框框，然後隨著時間一吋一吋地向她逼迫。背後是裝著標簽、容器杯、紙帶等的瓦楞箱。大大小小地堆在鐵架上，韶華有個錯覺，彷彿最上面的箱子慢動作似地落下來，然後擊中在莎蜜的頭上……。

莎蜜的臉被腳步聲吸轉過去，還沒有認清來人是誰，所以表情茫然。在龐大的倉庫中，顯得很孤弱無依。

「莎蜜，妳怎麼一個人在這裡？妳哭了，發生什麼事？」

低著頭的莎蜜低低地說了聲對不起，抹著眼睛，想要舉步離去，卻被韶華攔住。

「看妳很不開心的樣子，一定有什麼原因，是不是在工作上有什麼困難？也許我們可以談談。」

莎蜜睜大眼睛，好像才看清楚眼前的人就是韶華，但是依舊閉口不言。

「是不是在這裡說話不方便？」韶華看看四周，瞭解地說：「他們都到成品倉庫去，沒有人會聽到我們說話。妳就放心地說吧！」

「韶華，妳想知道什麼？」莎蜜似乎恢復活力，聲勢開始張揚。原來掛在眼眶中的淚水變成了增加眼睛亮度的眼藥水，並且炯炯發亮。

「談談妳們生產部吧！」

「小蓮越來越囉嗦，還有品管那邊的人，每次都假借檢查，故意來和倉庫的男孩子聊天。半成品的人有時候為了生產率好看一點，都會偷改紀錄，雖然只是改小數點，但是也不可以這樣子。公司規定會操作機台才有技術津貼，可是我樣樣都要手工，就沒有這項津貼，很不公平。還有，我希望以後國外旅遊，不要限制人數，錢不夠的話，我們可以自己補貼，這樣才好說……」

莎蜜臉不紅、心不跳地足足講了約三十分鐘，彷彿已經忘卻了剛才的悲慟。其間有人來領料，看見兩人「闢室密談」皆盡快離去。莎蜜似乎以為自己能和工廠大紅人一起說話，驕傲地宛如開屏的孔雀，也高興地宛如飛翔的雲雀。

韶華利用莎蜜吞口水和深呼吸的空檔，問：「妳們組長對大家好嗎？」

「他呀！」莎蜜撇撇嘴，滿臉不屑地說：「他從以前就是唐祥清的走狗……」

韶華看到莎蜜提起「唐祥清」時，臉色變得一陣青一陣白，好像被毒蛇咬了一口。難道莎蜜也知道唐祥清幾天前「神祕失蹤」嗎？難道莎蜜知道什麼內幕消息？於是開始逼問。

莎蜜因害怕而一雙眼睛變大起來，不只嘴唇，連四肢都顫抖起來。韶華推測她心中有鬼，而且那隻鬼將要現形出來抓她。

韶華一面安慰她，一面鼓勵她勇敢說出來：「妳有什麼心事就說出來，說出來比較舒服，也許我也能幫幫妳解決。」

「是我害死唐祥清。」

「什麼？」韶華試探性地問：「真的嗎？」

莎蜜點頭承認，然後又流下眼淚，說：「我每晚都夢見他向我索命。」

韶華聽到莎蜜敘述如何害死唐祥清時，有些啼笑皆非。不禁想到最近很紅的電視劇，其中有關「念力殺人」的情節讓工廠很多女工深信不疑。因此連城食品廠中的一名女工范秋雲因此被大家列為嫌疑犯之一，還好警方不信這一套。

「那是湊巧的，妳不要迷信。」既然都說了，韶華好奇地問：「妳是怎麼用符咒施法？」

「蘆竹那邊有個母聖宮，拜的是金光老母，很靈很靈，每個去求明牌都說很準。我有一個朋友，他的小孩多年前被車子撞死，駕車的人逃走了。他就去母聖宮求助，後來就找到凶手。還有很多例子，說都說不完。唐祥清很壞，每個人很討厭他，有人把他的名字寫在地上，然後用力踩。當時我懷了唐祥清的孩子，可是他逼著我墮胎。墮胎之後，他就不要我了。後來，我向金光老母求了七張符，分七次，共四十九天。母聖宮的人說，這符的威力很強，燒到第六次的時候，想後悔的話，第七張不要動，對方還是會沒事。後來，我改變心意，保留了第七張。事過境遷，我都忘了這麼一回事，後來我聽到在連城食品廠的朋友說，唐祥清狗改不了吃屎，處心積慮欺負陳皪大哥。我很生氣，碰巧看到多年前遺留下來的第七張符咒，一時衝動，當下燒了。沒想到他真的就死了，我真是悔恨死了。」

聽起來有點像天方夜譚，不過韶華依然以認真誠懇的態度看待，說：「妳有沒有告訴別人。」

「有啊！我告訴阿蓮、胖妹，還有阿美……不過，只講了一點點，沒有現在說的這麼詳細。」

「現在是科學時代，不會有這種事。」

「可是，我最近每天晚上都會夢見唐祥清，露出可怕的表情向我說：妳為什麼要害死我，把命還給我……所以我每天一有空就來這裡懺悔，求他不要做鬼來抓我。」

「沒這回事，妳不要胡思亂想。他沒有死啦，只是失蹤。」韶華看莎蜜迷惑慌亂的樣子，很擔心她舊疾復發。可是一時之間也不知道要說些什麼安慰的話。

真的是這樣嗎？韶華不相信。可是，她不能不相信。因為隔天，莎蜜死了。

第十章　灰姑娘之死

一九九五年六月

某某的小說是反映人生，或許作者寫出來的愛怨情仇是你我陌生的情節，但是悲歡離合的人生卻是我們耳熟能詳。從小說或戲劇去了解人性的黑暗面，避免自身血淋淋的經驗體會，這就是文學的社會責任和功能，而不是單純的抒情和感懷。

某某的小說是由窺視別人的人生，啟發不同的視點和想像，再下筆建築自己的小說王國。投射出自己對寫作的熱愛，還有對生命的熱愛。他的小說就像是一張透明的薄紗，網住讀者的面孔。不同的情節就像透過不同的顏色，帶領讀者進入一個或水藍、或淡紫、或粉紅、或墨綠、或……的奇異的夢境。然而那個夢卻是異樣的清楚，讓你我身歷其境，參與書中人物的喜怒哀樂，還有浪漫的情懷。

葉威廉受J雜誌社主編劉宜雯之託，替一位本土作家某某寫推薦序，當時寫到一半，因為冷氣機故障和被陳皓的來電打斷，後來稿子也弄丟了，於是重新再寫。寫著寫著，飄來一陣類似「蒜香茶油麵線」的香氣，打斷了繼續寫下去的興致。相形之下，芬芳的往事從心中裊裊上升。

葉威廉記得童年，不是正餐的時候。尤其睡覺前，如果肚子餓了，媽媽總愛煮一鍋麵線，分成三碗。他和爸爸是淋上肉燥，她自己特愛苦茶油。如果沒有肉燥，就多了一個荷包蛋。長大成人，自己搬出來住。他的消夜，於是從單純的油拌麵線到自創五花八門的麵線料理。

「蒜香茶油麵線」的香氣慢慢輕飄淡遠，葉威廉抱著對童年的懷念，繼續寫……某某的小說一直關注著人性的小奸小壞、寫出溫情主義和淡淡的美麗與哀愁。如今這本犯罪推理小說，除了維持原來的味道，還多了些人性的探索和關懷。沒有加油添醋，倒是多撒了一些辛香和蔥花。非常好看，值得推薦。

葉威廉把稿紙摺好，置入信封。桌上的電話響起，陳皓來電，說明警方立案查辦「唐祥清的死亡事件」。同時告訴他晚上會來訪，討論那一宗松本製藥廠的女工被殺事件。

一九九〇年十月

美凝和廠長在電話中討論產銷方針時，祕書小姐沒有敲門就衝進來，尖著聲音，喊道：「副廠長，發生命案了。」

「什麼？」美凝摀上電話，看著氣急敗壞的祕書小姐。

「莎蜜死在特殊藥品無菌充填室裡，好可怕。」

「工廠裡出了事情，我先去看看，回來再向您報告。」美凝對遠在台北總公司的廠長說完，匆忙走出辦公室。

進入廠區，雖然事關緊急，美凝還是按照規定換上制服、頭套和布鞋。通過空氣吹淋室，讓噴吹的高速氣流將衣服抖動起來，再將附著的塵粒吹落。進入生產線上，只見人人交頭接耳、議論紛紛，不過次序良好。她直直走向無菌操作區門口，進入更衣室，先仔細套上無菌鞋套，再仔細換了無菌衣和無菌帽，然後經過規格更高的空氣吹淋室。無菌操作區的作業員，人數少了很多。每個人頭套、口罩、手套，全身包得緊緊地，沒有交頭接耳、沒有議論紛紛，只是空氣中流動一股詭異的緊迫感。美凝下意識調整一下自己的服裝，然後往最裡面的特殊藥品無菌充填室走去。

GMP藥廠的無菌作業區依照潔淨度分為ABCD四個級別，主要針對空氣中的粉塵和微生物為主要管控對象，同時還應對其環境溫濕度、壓差、照明、噪音等作出規定。A級屬於最嚴格管控操作區，通常是在B級管控區中，裝置層流操作台（罩）來維持該區的環境狀態。層流系統在其工作區域須均勻送風，風速要經過驗證和確效。美凝體諒莎蜜的精神狀況特殊，所以讓她在A級管控區負責特殊藥品的無菌充填作業。

松本製藥廠嚴格執行GMP（優良製藥規範），所以整個廠區都屬於D級管控區，生產區域則屬於C級管控區，一般操作員和來賓的活動僅限於這兩個區域。B級管控區是無菌配製和無菌充填等高風險製程的場所，也是A級管控區的背景區域。如果來賓要參觀B級管控的無菌作業區，那就只能隔著玻璃窗。至於A級管控區，除非登堂入室，否則無法一窺堂奧。

美凝從玻璃門看見韶華和一個手拿燒瓶的研發技術員，站在特殊藥品充填室外的緩衝室。她顧不了再更換一次最高等級要求的無菌衣物，直接開門進入。研發技術員一看到美凝，自動讓開位置。她從另一扇玻璃門望向裡面，倒在層流操作台前方的莎蜜，面孔向著內部，身體左傾貼地，雙腳彎曲併攏。兩隻手一前扶著牆壁，一後好像撐著地板。

「已經那個了嗎？」美凝看到韶華點頭，再問她是否已經報案。

「第一時間已經通知警衛報案。」韶華神色略顯慌張地說：「我已通知全廠員工，務必留在自己工作崗位，沒有經過准許，不可擅自離廠。」

「等一下警察大隊人馬到來，無菌作業區環境必定會被汙染，通知無菌作業區的組長，務必將器械和設備做好防護措施，把尚未封存的藥品放入冰箱。無菌作業區的全部組員留在自己的座位上，警察一定會找你們問話。」

美凝還特別叮嚀第一個發現莎蜜屍體的研發技術員回答問話，知之為知之，不知為不知，千萬不可饒舌多言、節外生枝，然後和韶華一起在B級管控的無菌作業區等候警察的到來。

不到一個小時，祕書小姐領著幾位警察進來，其中一位肉壯的大頭漢子看起來彷彿是領導人物。令韶華感到訝異，陳皪的哥哥陳皓也在其中。他的忽然出現讓韶華心口隱隱作痛，宛如舊傷再次裂開。霎那之間，陳皓在哥哥喪禮上的致詞，字字句句隱約縈繞耳邊。然而此時此刻非比尋常，韶華僅能以點頭注目致意。

「我姓宋，刑事組。」

大頭漢子低沉的聲音把沉浸於回憶的韶華拉回現實，幸好有美凝在旁應對，所以不致於過度失態。

「我姓施，副廠長。這位是人事課李課長，請多多指教。」

宋組長首先進入陳屍之地，邊觀察、邊思考，然後走出來。他站在無菌作業區的中央，看看環境和各個工作人員，問：「能不能撥個空間給我們使用？」

美凝表示都可以，宋組長便選了有桌椅和鐵櫃設備的「樣品待驗區」。

「請副廠長協助這兩位警官筆錄，查詢有關死者人事資料和生前人際關係。還有……」宋組長看了美凝，然後看看韶華，指定後者說：「妳和我們一起進行命案現場的觀察和搜索。還有，誰是第一個發現屍體的人？」

宋組調兵遣將之後，嚴厲聲明：「請立刻發佈消息，務必保持陳屍地點，以及凶手可能出入路線的完整性，完全禁止任何閒雜人擅自進入。另外，命令每個員工行動千萬要謹慎小心，免得增加無謂的可疑記號。」

美凝表示已經將全廠封鎖，不過為了尊重警方，她指示無菌作業區的組長再執行一次，並點名相關人員來協助偵訊。宋組長再補充說明幾件注意事項後，法醫和相關員警陸續到來，於是命令韶華帶領他們進入命案現場。

宋組長看看手下都按部就班、各司其職之後，再度進入命案現場。由於空間狹小，宋組長只能站在緩衝室。他透過玻璃門往裡觀看一番之後，轉身詢問站立一旁待命的韶華。

「這地方看起來很隱密，請妳簡單說明一下命案現場的作業情形、特殊使用功用和出入口等地理形勢。」

韶華先從工廠的工作分區、製程分類，說到最重要的清潔度管控。死者負責特殊藥品的充填作業場所，是全廠環境管控最嚴格的A級。

宋組長聽完韶華的說明，指著另外一扇門，問：「那個房間做什麼用？可以打開來看看嗎？」

「是，這是特殊藥品備材倉庫，存放特殊藥品原液和無菌容器。」

宋組長進入，看著為數不多的物品，問：「那些紅色區、綠色區、黃色區代表什麼？」

「備材一律先放在黃色區，許淑芬做完的成品就放行到綠色區。不合格的備材或成品，就放在紅色區，通知研發部領回，重製、重工、特採或銷燬。」

宋組長望著乾乾淨淨、整整齊齊的物品，看不出所以然，忽然發現一個小窗口。

「那是氣閘室。基於GMP藥廠的人流和物流不可交叉混合。外面發料的人會把原物料放在氣閘室，經過清淨氣流吹走粉塵和紫外線滅菌之後，收料的人，也就是死者許淑芬小姐打開窗子，取走特殊藥品的備材，再回到自己的地方工作。」韶華一邊說明，一邊過去打開窗戶。

「既然如此，為什麼研發部的人要親自將特殊藥品原液送過來？而不是按照公司的作業標準程序？」

「因為氣閘室的空氣層流裝置出了故障，所以才會那樣。」

「不過，也因為這樣才會提前發現了許小姐的屍體。」宋組長自言自語，然後就自給兒離開特殊藥品備材倉庫，經過緩衝區，進入命案現場。韶華留在原地，宋組長和法醫討論的聲音，很清晰地傳過來。

「……以我的判斷是凶手從死者背後勒住她的脖子。身上除了脖子部份有擦傷之外，沒有任何傷痕。沒有相互格鬥或激烈的掙扎。表示兇手出其不意地從背後攻擊死者，從這力道和高度判斷，兇手可能是身高一百七左右的男性。」

「死亡時間？」

「從肌肉僵直狀況判斷，死亡時間至少一小時以上，獨立性的青紅色斑點尚未形成明顯的斑紋，應該還沒超過兩小時。」

「以屍體的姿勢來看，凶手是勒死死者之後，慢慢鬆手讓她躺下來，而沒有粗暴的推開。看來凶手並非深恨死者，而是另有動機。」

「可能是死者握有凶手某些不可告人的祕密，所以不得不致她於死地。」

「也許凶手深恨死者，但是還存有愛情或是感恩的心，所以行凶之後，複雜而矛盾的心理使他產生悔意。」

「看來應該是第二點，女性死者總是和情殺比較有關係。而且以一個工廠女操作員應不致於知道什麼大不了的祕密，而引起對方的殺機。」

「不！我認為第一點的可能性較大。」

「為什麼？」

「聽說死者精神有些問題，還有看她這樣子，會因為愛情而引起驚天動地的殺人事件嗎？」宋組長自覺有些過份，趕緊補充說明：「面對遺體，不該說對死者不敬的話。可是沒辦法，只能實話實說，你看死者的容貌和身材，和一般對於情殺的聯想似乎有些距離。」

法醫不耐煩地擺擺手，大聲地說：「等一下再談論這些複雜的心理因素，我先仔細觀察死者的生理和其他參考特徵。」

韶華本來想在緩衝室待命，但是看到宋組長似乎把自己給忘了，於是回到無菌作業區，隨即看見陪伴陳皓詢問員工的美凝向她招手。

「韶華，我有事情要辦，請妳協助這兩位警官。」

「是。」

「請坐，李課長。」陳皓笑吟吟地說：「妳是人事課長，請詳細地自我介紹。有什麼妳認為應該告訴我們的，請盡量發言。」

韶華自我介紹之後，有股想要和陳皓敘舊的衝動。

「對於許小姐的被殺，妳有何想法？聽說妳和死者很談得來嗎？」

韶華知道其他員工必然把自己和莎蜜的關係說給陳皓聽了。她不知道美凝是否把莎蜜的過去透露給陳皓，所以詳細地從她和莎蜜最初的友誼說起，直到她如何再回來工作。當然，韶華一字不漏地將莎蜜生前對她說的話，就是運用符咒殺死連城食品廠廠長唐祥清一事說給陳皓聽。

陳皓詢問完畢，終於提起往事。他對於好友李韶中英年早逝，感到遺憾難過。最後，他稱讚韶華能夠克服萬難，成為社會中堅分子。韶華看著哥哥的好友，剛才霎那之間想起，他在哥哥喪禮上的致詞，再度字字句句清晰縈繞耳邊。

我敬愛的李媽媽，節哀。

今天要說的話是我這輩子最不願意說的話之一。韶中一直都是我非常尊敬的友人，他是一個非常美好的青年，我知道妳一直以他為榮，因為我也一直以我有一位像韶中這樣的朋友感到幸運。

當我對妳說聲（節哀），英文是（I am sorry for your loss），但是何曾不是（I am sorry for my loss），我為我失去好友而傷心難過。不過死亡既然是上天的旨意，我們就忍痛接受。對於惡徒不可饒恕的行為，我們相信法網恢恢、疏而不漏，更相信善有報、惡有惡報。我感嘆韶中的英年早逝，然而他的德行和風範永遠存留在我們的心中。

宋組長看到陳皓和年輕貌美的異性不但相談甚歡，還有一些親暱的表情和手勢。陳皓注意到宋組長疑惑不悅的表情，趕緊解釋清楚。後者板著面孔走開，然後和其他的同仁研究凶手進出口和犯罪的時間、方法、手段和過程。

鑑識小組已經完成了包括照相、記錄、測繪、製模、採證等工作，並且將物證帶回，以便完成更進一步的化驗鑑定。最後，將屍體運走。

陳皓再次翻讀原始記錄和測繪，以便修正後，提供給宋組長和檢查官研判，並做為日後的庭證。

有位警察向宋組長請示，五點正是松本製藥廠的下班時間，是否要延長封鎖，還是讓員工準時下班。

「讓他們準時下班，不過重要幹部要留著。」宋組長對正在整理資料的陳皓發問：「怎麼樣？」

「死者許淑芬的生活圈非常單純，在松本製藥廠工作時，因為精神有點問題，有時會和同事發生口角，但是都不足以引起深仇大恨。工作表現也差強人意，不致於因為權力鬥爭而招惹非議。她看起似乎不會引起同性嫉妒，也不會引起異性的追求。」

宋組長想到自己也說過同樣的理由，不耐煩地說：「所以，有問等於沒有問，是不是？」

「不是這樣，我話還沒說完。死者許淑芬在目前的生活圈非常單純。但是之前，感情生活非常豐富，也非常坎坷。」

陳皓把許淑芬結婚當天，新郎卻慘遭不測，導致精神失常，成為中壢工業區的灰姑娘；還好遇見往日的同事施美凝和李韶華伸出援手，有了穩定的工作，許淑芬的精神才逐漸恢復正常一事告知宋組長。

「有一點奇怪的地方。許淑芬生前對李韶華課長說，她運用符咒殺死連城食品廠廠長唐祥清。唐祥清以前在松本製藥廠工作，兩人有一段短暫的戀情。」

「天下奇聞。」

「連城食品廠廠長唐祥清幾天前無故失蹤，謠傳他被殺死，屍體憑空消失。」

「哦！你或許可以跟那位漂亮的人事課課長多聊聊，說不定會有更多趣味性的話題。」

陳皓不理長官的揶揄，逕自說道：「現場是個小閉鎖空間，而整個工廠是個大閉鎖空間。許淑芬的死亡時間是早上八點半至十點，因為輸送區無法正常運作，才會有人親自送藥液去給許淑芬。如果沒有這種偶然，屍體不知道等到什麼時候才會被人發現。」

「你所謂的大、小閉鎖空間是什麼意思？」

「這是我認為凶手是廠內員工的基礎理論。」陳皓帶著宋組長走向特殊藥品充填室的緩衝區，隔著玻璃門，對室內的命案現場，說：「組長，那裡是小閉鎖空間。」

「嗯！」

兩人進入特殊藥品充填室的緩衝室，陳皓打開另外一扇門，說：「這裡是特殊藥品備材倉庫。那邊有個輸送特殊藥品備材的氣閘室，可以通向外面。但是外面又是重重管制的無菌區，在外面的區域雖然管控稍微鬆綁，還是極為嚴格。所以，我才會說整個工廠是個大閉鎖空間。」

宋組長隨著陳皓的敘述，率先進入特殊藥品備材倉庫，打開氣閘室的窗戶。他探頭去看，另一邊的窗戶緊閉。下班了，沒見到半個人，留下一盞又一盞的滅菌燈。紫色的光芒，漂浮著逼人的恐怖感。

「依照許淑芬的出勤卡，她今天七點五十六分上班。按照規定，進入廠區一定要換藍色的工作服。綽號胖妹和阿美的女孩和她一起換衣服，離開更衣室是八點零五分。她們三人來到無菌區之前，要再換一次無菌服。許淑芬進入她的工作區，又要再換一次特殊規格的無菌服。我問過對於許淑芬工作頗為熟悉的人員，他們說要半個小時以上的準備時間，也就是說將近九點，她還在準備充填機和調整設備的操作參數。」

宋組長點點頭，當他進入命案現場，的確看到層流操作台上有幾隻充填好的藥瓶，還有一些奇怪的塑膠盤。

「奇怪的塑膠盤？」

「我聽朱法醫說，好像是培養皿。他的解釋：清淨度嚴格要求的場合，除了空氣中的粉塵，還有微生物也要控管，好像叫做落下菌測試。」

陳皓表示他當時有聽沒有懂，然後繼續發表他詢問相關人員之後的想法，說：「能夠突破大、小閉鎖空間的人不多。由此可見，凶手必定是個資深員工。扣除明確不在場證明和明確沒有殺人動機的人員、以及連東西南北都搞不清楚的新進人員。其餘的都列在這張名單上面。」

「我們回去再討論。」宋組長指著松本製藥廠的鳥瞰圖，說：「我看這工廠的圍牆雖然鋪插了一層碎玻璃，但是無法阻止有心潛入的外人，也不排除行凶之後，翻牆逃逸的可能性。另外，雖然設有守衛，可是也沒有每一分每一秒盯著進進出出的人。所以，我認為也有可能是熟悉作業區環境的人，例如離職的員工。」

宋組長等一行人回到局裡，除了完成必要的立案手續，在檢察官的指示下，立刻召集所有相關人員開會。宋組長報告死者個人資料、致死原因、死亡時間，還有命案發生地點。對於特殊的環境描述則由陳皓說明，然後和另一名警官共同報告，查問松本製藥廠員工之後的紀錄。眾人紛紛發表意見，但是繞來繞去，還是老生常談。

「死者的人際關係呢？」

陳皓重複一遍他對宋組長先前的報告。檢察官認為死者可能還有不為人知的男女關係，有必要再深入調查。當檢察官提出兇手如何突破重重關卡殺害許淑芬，眾人一時落入沉默。陳皓趕緊記下重點。

宋組長想到什麼，輕輕拍了一下桌子，說：「那位李課長說過，死者夢見死去的唐祥清向她索命，其他的員工有何看法？」

陳皓接受了目光，趕緊答腔：「死者生前跟同事說過，她咒死唐祥清後，曾在「醫藥廢棄物」管制區看見他的屍體。嚇得要死，於是有空就到廠區外的空地流淚懺悔。那些和死者略有交情的同事一致認為，她三三八八，講話顛三倒四，可能神經病又發作了。」

「死者說的符咒，母聖宮那邊有什麼說法？」

「那個主持人本來大吹特吹，可是聽到涉及命案，就變成縮頭烏龜，一味否認。還堅持說多年之前的事情，他記不得了。」負責的警官回答。

「聽說松本製藥廠鬧過鬼。」檢察官翻了翻現場報告，發現了一個有趣的偵查內容。

「有人說鬧鬼，有人說有小偷潛入工廠。」陳皓回答：「幾位上夜班的工程人員看見特殊藥品備材倉庫外面的無菌作業區有人影走動，夜班守衛也證實了他們的說法。還有研發課的機器壞掉了，放到外面，三更半夜卻無緣無故自動操作。一時鬧得沸沸揚揚，後來李課長出面闢謠，才把鬧鬼和有小偷的風波平息。」

「她怎麼說？」

「她說藥廠為了監控，除了特殊藥品充填區和特殊藥品備材倉庫，以及不需要監控的一般材料倉庫，到處都有玻璃窗，所以每當有人路過，會出現經由玻璃窗折射和映照而出的身影。所以很可能是晚班的人員下班時，經過某一扇窗戶，然後他的人影卻出現在左側或右側的窗戶，因此造成疑神疑鬼的誤會。至於研發課的機器壞掉了，卻無緣無故自動操作。依照李課長的解釋，機器無法達到3Q規格，又無法在實驗室裡測試，所以拿到外面，請夜班的技術人員測試。測試其實很簡單，只要啟動開關，機器就自動運作，隔天再看測試結果，造成不知情員工的誤解。」

檢察官聽了一個英文單字，好奇地問：「什麼是『Thank You』規格？」

「3Q是指IQ（安裝確認）、OQ（運行確認）、PQ（性能確認），也就是說實驗室儀器驗證是從IQ（安裝確認）做起，再做OQ（運行確認）、PQ（性能確認），就完成了一套儀器驗證的整套流程。」陳皓花了很多時間說明，但是聽者宛如鴨子聽雷，連外行的說者本身也越說越迷糊。檢察官大手一揮，3Q就Thank You and Bye-Bye了。

「許淑芬在唐祥清失蹤的那一天時段，都沒有離開自己的工作崗位。因為那一天特忙，所以有另外一名同事幫忙，因此也有了最佳人證。只是在晚餐時，她恰巧聽見同桌的同事說，以前的唐副廠長、現在的連城食品廠的廠長莫名其妙地失蹤；還說很可能死在自己辦公室，然後屍體不翼而飛後，心中開始杯弓蛇影。當天晚上加班，便親眼看見了唐祥清的屍體，驗證了金光老母的法力無邊，從此每晚都做惡夢。」發言的人正是那位和陳皓一起詢問松本製藥廠員工的另一名警察，顯然不願意讓陳皓專美於前。

因為檢察官在場，因此甚少發言的宋組長終於開了尊口：「食品廠廠長的失蹤和製藥廠女工之死，到底有什麼關連呢？難道她知道了什麼，因此招來殺身之禍？」

「唐祥清的失蹤和許淑芬似乎可以連成一條線索，是否要深入調查？」有人建議，這位警員曾經是調查唐祥清失蹤事件的專員。

「雖然有必要把唐祥清的失蹤重新研討，不過我們人手短缺，所以還是慎重其事。白忙一場是小事，得罪其他單位可吃不完、兜著走。」宋組長實話實說，言下之意希望檢察官做主。

檢察官不再發言，宋組長看看時鐘，當眾宣布暫時休息，一小時之後再回來開會。

陳皓回到辦公室，立刻打開電腦，將今天發生的命案盡量詳細地寫下來，然後寄給遠在荷蘭菲仕蘭省工作的葉威廉。

第十一章　小小小目擊者

一九九五年六月

陳皓來訪，而且特別挑了晚餐時刻。葉威廉的父母到南部旅遊，所以親自下廚。由於老友對於自己廚藝的肯定，特別準備了三菜一湯。其中除了有葉威廉的招牌菜「葉氏排骨」之外，還有「酸辣雜菜湯」、「青椒鳳梨蝦仁蛋炒飯」和「馬鈴薯沙拉」。

關於馬鈴薯沙拉，是葉威廉在荷蘭菲仕蘭省工作時，因為父母親的要求，每個星期天都到飯店附近的教會做禮拜而學會的。會後聚餐都是會友所準備的荷蘭農村的家常菜，馬鈴薯會變化成各種菜餚。葉威廉一開始被分配去削馬鈴薯，後來才被授予副廚之職。他記得其中之一的食譜，是把馬鈴薯蒸熟，攪拌成泥狀，加入葡萄乾和帶皮的蘋果丁，再淋上雞精。雞精不是白蘭氏那種，類似長時間熬煮濃縮雞汁，可以到賣場買現成的。

回台之後，如果有客人來，葉威廉就會弄上一盤。雖然算不上什麼「荷蘭國民美食」，每個客人還是非常捧場。每當有教會愛餐，或是什麼特殊日子，更不能免除。創意無限的葉威廉會按照客人不同，臨時改變食材。例如小朋友，會多加些乾果、軟糖等；小姐少女，則多加些生菜、水果等。

葉威廉最輝煌的紀錄，是參加某某認證公司忘年晚會的創意料理的第一名。不過這可不是他的功勞，而是同組的同事說菜說得妙，說得大家哈哈笑。另外一次，葉威廉在教會的聖誕晚會擺攤，他用甜筒裝馬鈴薯泥，上面有花花綠綠的裝飾。剛一上場，就被一掃而空。另外一次，他在朋友的生日派對，製造了一個巨無霸的馬鈴薯「蛋糕」，不過放在山珍海味之間，自然乏人問津。他也會應作家朋友的要求而客製「馬鈴薯沙拉」。例如有本小說，書名為《窗簾後的眼睛》，葉威廉就把馬鈴薯泥弄平，用葡萄乾、棗糖、甘梅做了一個大眼睛。隔年，作家出了本《浮雲千山》，葉威廉便製做了一座馬鈴薯山，再用小黃瓜、綠色的花椰菜裝飾，用美乃滋擠出了雲朵的圖案。後來那位作家又出了《假如兇手是月亮》和《天堂門外的女人》，由於構圖複雜而作罷。

一番大吃大喝，陳皓望著一桌子的「殘山剩水」，拍拍依舊平坦堅實的小腹，先是對葉威廉的廚藝歌功頌德，然後談起松本製藥廠的女工命案。

「那件案子，你雖然沒有參加，但是沒有你的幫忙，根本破不了案。」

「有嗎？」

「有啊！命案當天，我們全體組員苦思凶手犯罪的時間、方法、手段和過程。尤其是我自己提出的大、小閉鎖空間，雖然已經跟宋組長說明假如兇手是外來者潛入大閉鎖空間的可能性，但是根本沒辦法說明兇手如何突破小閉鎖空間的防線。後來，我打國際電話給遠在荷蘭的你，還沒有跟你討論到案情，結果你無心的一句話，驚醒了宛如睡夢中的我，解決了我百思不解的難題。」

「我說了什麼？」

「你說你新買的襪子破了。」

「然後呢？」

「我建議你去退貨或客訴，結果你說是你自己不小心弄破的。」

「所以？」

「所以，我想到由於特殊藥品備材倉庫的傳送區，氣閘室的層流裝置出了故障，因此研發部的人才必須親自將特殊藥品的原液送給死者，也因為這樣才發現了屍體。新買的襪子破了，如果沒有特別說明，一般人自然會想到產品原本就有瑕疵。所以層流裝置出了故障，一開始認為定是機器本身出了問題。然而當你說是你自己不小心弄破新襪子，我推想層流裝置的故障會不會是人為破壞因素？隔天我請李課長調查，果然如我所料。」

當陳皓說到「襪子」，葉威廉的心思飛向一九九〇年的夏天，一個網路和手機沒有普遍被使用的年代。當時他申請了一個外派的工作，地點位於荷蘭的菲仕蘭省，離阿姆斯特丹不遠，只要搭一段火車就可以到達。公司指派一個同事當他的「Mentor」，他的名字發音叫「史奴比」。不知道是不是心理作祟，那個同事看起來很像具有黃金獵犬體型的「史努比」。但是實際上，「史努比」在荷蘭語是「糖果」的意思。

「糖果先生」不但在工作上，熱心耐心地指導葉威廉，週末還常常邀他去他們家作客，或到處遊山玩水。他的小兒子有輕度智障，很喜歡畫畫。他畫了一張畫給葉威廉，上面是各種顏色的圓圈。經過解釋，那是描繪在一個舞會中，漂浮的彩色氣球。葉威廉說：以為是美麗的花朵，因為他們家門前和窗口種了各種顏色的花草。小兒子很高興，就把「Party」劃掉，改成「Flowers」，然後送給葉威廉。回國之後，葉威廉把那張畫製作成名片的背景。

唯一的遺憾……當葉威廉結束工作，離開荷蘭時，「糖果先生」本來說好要帶著他的小兒子，開車送他去機場，可是不知道為什麼爽約。當時的葉威廉坐在另一個同事的車中，從綿長的堤防公路，默默望著海天一色，直到阿姆斯特丹機場。

「還有、還有……」陳皓並不知道葉威廉沉浸在回憶的河流，以為對方被自己的敘述給深深吸引……。

「還有破案關鍵，你太了不起了！」陳皓因為消化器官得到充分的滿足而格外喜樂，不由得伸手去推沉醉在回憶中的葉威廉。

彷彿被吵醒似的葉威廉看著陳皓，茫茫然地問著：「還有、還有什麼？」

「我傳真命案現場的照片，你看到什麼層流裝置台上，幾個什麼培養皿……然後就找出兇手。」

葉威廉似乎有點印象，陳皓繼續說：「因為一宗陳年舊案導引你的靈感。」

「陳年舊案？」葉威廉還是搞不清楚狀況，然而當陳皓說起目擊者是細菌時，他的心思立刻從荷蘭的菲仕蘭省飛回一九八六年，那間武陵高中附近的小書屋……。

一九八六年四月

我記不起什麼時候，發現在檢驗所左邊的小巷中，有間小書屋。總之，中午吃完便當之後，總喜歡到處逛逛，幫助消化嘛！然後，就是這種原因，偶然發現那間小書屋。

小書屋裡有個漂亮的女孩子，當時我還不知道她是老闆，也不知道她叫屠巧縈，因為還不是很熟。她似乎永遠都坐在那張白色的搖椅上，悠悠地望著街道。看起來心事重重的樣子。尤其那頭披肩的秀髮，很有深閨寂寂的味道。

深閨寂寂？

我去看書時，總喜歡用眼角去瞄她的小腿。大腿蓋在裙子裡，看不見的。

她的小腿屬於「稜瘦型」，有流麗的曲線和玲瓏的足踝。假如陽光亮起來，就像是山坡的百合花。如果偶爾從外面傳來一陣輕快的音樂，她其中的一隻腳，或左或右，就像海洋中的小帆船，優美地起伏。有時候她會用腳背去摩擦另一隻腳的小腿肚。在靜靜的書堆中，我可聽到骨骼轉動的輕響。

葉威廉和陳皓面對面而坐，桌上擺著一壺奶茶和一碟堅果。

「聽你的形容，涉嫌人是個文藝青年。」葉威廉將十指交叉，再豎起兩隻食指，緊緊地貼住鼻端。

涉嫌人名字叫潘群，今年二十四歲，在一家檢驗所擔任助理。看起來文質彬彬，不像是會對女性施暴，不過這也很難說。陳皓做了個「只有老天爺知道」的手勢。

「你把那件命案再說一遍，好嗎？」

「死者屠巧縈，二十六歲，不過體格嬌小，加上童顏，看起來像是不滿二十歲的樣子。三年前離婚，就獨自經營一家小書店。」

「人際關係呢？」葉威廉抓起一把杏仁，慢慢咬著……，難得陳皓沒有胃口。

「十分單純。屠巧縈的書店是租的，外觀看起來像咖啡店。樓上是她的私人空間，起居室、廚房浴室和臥室。房東和認識的人對於她，都有不錯的印象。昨天晚上卻被人發現橫死在臥室裡。」陳皓看到葉威廉吃得津津有味，仍然不為所動，顯然有諸多苦惱。

「發現人是出版社的收款員，據他表示，屠巧縈在昨天早上打電話要他來收款。他有事耽擱，拖到晚上才去。沒想到大門已關上，還掛著『CLOSED』的牌子。」

葉威廉再倒了一杯奶茶，聆聽陳皓詳述案情。

「收款員看到二樓透出光線，直覺應該有人在家。按了很久的門鈴，還是無人回應，他就試著去開門，竟然沒鎖，於是長驅直入。他不斷地強調，他和屠巧縈很熟。走入只亮著小燈的一樓，沿著長長的書架上樓。他邊走、邊喊著：屠小姐、屠小姐……他往臥室走去，從半開的房門，看見屠巧縈直直地躺在床上。」

陳皓取出幾張照片給葉威廉看。葉威廉看完，把照片還給陳皓。

「死者的頭部遭受重擊，有激烈的拉扯和抵抗。法醫另外有重大的發現，屠巧縈生前有類似被強暴的激烈性行為，但沒有遺留精液。這就是對潘群最不利的地方。」

「怎麼說？」

「潘群承認他和屠巧縈有肌膚之親，卻否認殺她。可是當警方搜查他的住所時，卻發現他有很多日本的性虐待錄影帶。」

「就因為這樣？那我可能也是殺人涉嫌犯，因為我不但看殺人推理電影和小說，也翻譯殺人推理小說，偶爾也客串寫寫殺人推理小說。」

「別這樣好嗎？那只是列為參考項目之一。」

「喜歡看性虐待錄影帶的文青，很容易被貼上標籤。」

「依據潘群的說詞，他因為買書而和屠巧縈認識。雖然並沒有把她當做結婚對象，但是彼此都是大都市裡寂寞的男女，就一拍即合地交往下去。他們通常是看電影、逛逛街、喝喝咖啡、吃吃飯，當然也上上床，都在屠巧縈的床上。」陳皓終於下手挑起幾顆夏威夷果，結果不吃則已，一吃就停不下來。

「昨天晚上，潘群一下班，就去找屠巧縈。屠巧縈特意為他做了紅燒牛肉，而他替她看店。那個時候，潘群同事也經過書店，大家心照不宣。」

「潘群的同事知道……」

「這種事算不了什麼，男人不來一下子的話……」陳皓趕緊把要再說的話吞下去，拐個彎再說：「晚飯之後，兩人就上床辦事。因潘群必須在八點之前去拜訪阮教授。」

「阮教授？」

「哦！事情是這樣。本來兩人說好昨晚要一起共度良宵，沒想到潘群的經理要他下班之後，去阮教授的家拿資料。」

「潘群幾點離開？」

「六點三十分。」

「法醫認為死亡時間是……」

「六點三十分至七點三十分。那段時間，潘群的不在場證明無法成立。」

「潘群離開之後，有沒有人看見另外有人進入書店？」

「沒有，連收款員進入，都沒有人注意到。」

「我們去潘群服務檢驗所走走。」

兩人離開時，陳皓不忘將桌上的堅果收刮一空。

潘群的經理是個典型學者，對於葉威廉和陳皓的來訪，感到十分的不耐和排斥。

「該說的，我都說了！我底下有將近二十個人，對於他人私生活，我無法也沒有必要去掌握。潘群發生了這種事，我很同情。如果你們要深入的瞭解，或許你們可以找他同組的人談談，他們的 information 比我的有用多了。」

陳皓不停地點頭微笑，說：「那請他們和我們談談也好。」

「真是的！那就先找賴志麟和小任吧！他們是死黨。唉！現在年輕人……唉！我先走了，還有個實驗要做。」

「對不起，我再請教個問題。」

「請說。」

「你要潘群向某個教授要資料，還有誰知道？」

「我本來是要賴志麟去的，可是他說有事。不過這不是祕密，可能還有人知道吧！」

「謝謝你，請慢走。」陳皓看著門被關上之後，問葉威廉說：「怎麼辦？」

「見機行事。」

有人敲門，但是沒等到回應，就被打開，閃入一個走起路來好像在跳霹靂舞的年輕人。他外頭穿著白色的實驗衣，下擺是條露出膝蓋的破牛仔褲和一雙新款的彩色球鞋，最上面是時下最流行的髮型，活脫脫地一個青春陽光大男孩。

「嗨！我是小任。聽說兩位是來調查潘群的事。」

「沒那麼嚴重，不是還有一位，人呢？」陳皓問。

「他在做 Bacteriophage 的實驗，暫時不能分身。」

葉威廉雖然博學多聞，可是遇到這種專有名詞，還是要想一想，才對陳皓解釋：「那是一種比細菌還要小的生物。如果我沒記錯的話，中文應該叫做噬菌體。」

小任露出欽佩的神色，說：「這位先生很有概念。」

「謝謝！他是做哪一方面的實驗呢？」

小任一談到他的專業知識，輕狂的態度立刻收起來，說：「噬菌體對於大部份的細菌都有溶菌作用，並且和宿主之間有特異性。我們這一組的主要實驗就是應用此一特異性，來鑑定和分型細菌。」

「每個人都做嗎？」

「我是菜鳥，所以我做準備 Media 和滅菌及清理。」

葉威廉插嘴對陳皓說：「他所說的 Media 可不是媒體的意思，而是餵給細菌吃的餐，特殊的細菌要吃特殊的餐。」

「潘群負責培養細菌，而賴志麟負責培養噬菌體。分門別類，各盡其職。」

陳皓覺得對方似乎完全放鬆了，就切入主題，說：「潘群和書店女老闆之事，你有何看法？」

「哦！」他搔搔頭皮，想一想才說：「潘群和那個女人的事，我們早就知道。因為潘群是個大嘴巴，什麼都藏不住，所以連他們的嘿咻、嘿咻的事也會拿出來炫耀。我個人覺得他很幼稚，可是有些人就會崇拜他。」

喜歡看性虐待錄影帶、又喜歡在同事之間自誇性事的文青，潘群還有什麼人格特質呢？

「譬如賴志麟，就會崇拜他。對嗎？」葉威廉和陳皓異口同聲。

「咦？你們怎麼知道？」

「小任，你認為潘群是個性虐待的人嗎？」

「不會吧！他講嘿咻的時候，沒提起『性虐待』這種事。」

「我問你，只因為潘群和書店女老闆發生關係之後，女方被人勒死，所以潘群是最大涉嫌人。你認為呢？」

「據我所知，他沒有殺死女方的動機，因為兩人都是抱著玩玩的心理，根本就沒有迫使對方進入婚姻。至於錢財方面，兩人也是半斤八兩。」小任露出不解的表情，問：「你們真的認為……怎麼說呢？你們有沒有問阮教授？」

「有！」陳皓回答，說：「他表示潘群準時赴約，沒有異樣的行為。潘群的社會經驗還很嫩，可能殺人之後，又若無其事地去辦理公事嗎？這是我們警方感到矛盾的地方。」

幾乎不發一語的葉威廉提出要求：「我們能不能參觀你們的實驗室？」

「可以，不過只能走參觀走道，因為怕實驗室受到污染，也怕看不見的病毒感染給你們。」

小任說完，便領著兩人往實驗室的方向走去。

看起來是很普通的實驗室，葉威廉注意到一名穿著無菌衣的人從玻璃窗前迅速走過，正想問他是不是賴志麟時……。

小任似乎讀出他的心意，搖頭之後，指著另一名穿著無菌衣的人，說：「他才是賴志麟，正把宿主細菌接種在寒天平牒培養基上，然後把噬菌體的浮液滴在上面，培育到第二天，就可以發現透明的菌斑……」

葉威廉不知道想到什麼，整個人彷彿觸電似的，結結巴巴地說：「陳皓，你有沒有讀過美國緬因大學 Melvin Gershman 教授的論文？沒有，太可惜了。有時間我再說明給你聽，現在我們要做的，趕快離開這裡。還有打電話給『貝斯特生化研究所』的胡博士，我們需要他的幫忙。」

小任看見兩個人慌慌張張地離去，無可奈何地攤攤手，對於那名看起來博學多聞的大哥，提到 Melvin Gershman 教授的論文，並沒有多少概念。他再次望向在無菌作業區的賴志麟。後者似乎舒了一口氣，但是外露的眼睛明顯地依然存留著慌亂和恐懼。

多日之後，葉氏翻譯社裡面除了葉威廉和陳皓之外，多了一名年輕人。

陳皓說：「潘群，你這次能脫嫌，完全是這位葉先生的功勞。」

「謝謝，葉先生。」潘群不知說了第幾次，可是依然無法完整地表達由衷的感激。

陳皓問葉威廉說：「你怎麼會知道賴志麟是真兇呢？」

葉威廉說：「我根本就不知道是他，只是應用 Melvin Gershman 教授的理論。他認為犯人在現場所遺留的細菌，可以鑑定嫌犯是誰，因為每個人身上各有不同種類的細菌。」

潘群是微生物學專家，自然而然地提出他的看法，說：「理論可以成立，但實際會有所困難，尤其是在衛生條件比較差的地方。」

葉威廉點點頭說：「不錯。可是在這個案子裡，卻有許多有利的條件。第一，發生在女性臥室，環境比較潔淨，沒有其他雜菌的干擾。第二，那是肉體接觸的強暴案，附著的細菌比較廣，也比較多。第三，也是最重要的一點，嫌犯從事的行業比較特殊。」

陳皓看起來困惑，潘群一點即通。

「我必須加強說明——幾乎每個人都認為潘群不可能做這個事，那麼又是誰呢？因為檢驗所的實驗項目令我想到，何不用細菌來證明，如果有異於潘群身上的細菌，或許可以提供警方做參考。」葉威廉接著說：「當初我的想法很單純，所以請『貝斯特生化研究所』的胡博士來測試。沒想到從屠巧縈身培養出來的細菌竟然含有噬菌體。這就怪了，經過更進一步的鑑定，和潘群所服務檢驗所裡正在研究菌型一模一樣，這就頗令人深思。」

葉威廉示意請陳皓做結論。

「能夠接近這類菌型的人除了潘群的經理之外，就只有賴志麟一個人了。前者有明確的不在場證明，後者在警方約談時，坦承殺死屠巧縈。」陳皓隨後斥責潘群，說：「這要怪你，你不應該把屠巧縈誇大成花痴，看到男人就……使賴志麟造成錯覺，才會發生這場悲的命案。」

潘群很羞慚地低下頭。

原來當晚，潘群替屠巧縈看店，幾位同事經過書店。自以為是地做了個「迫不得已」、「出於無奈」等等讓人誤解的表情，別人還好，知道是開玩笑或隨便亂說話，不以為意。但是，其中的賴志麟卻信以為真而另有想法。他知道潘群在六、七點的時候，必須去阮教授的家。而潘群曾經表示，屠巧縈每個晚上不來個兩、三次，絕不罷休。於是賴志麟趁人不注意的時候，躲入書店的角落。等到潘群離開，屠巧縈一人在臥室，就餓虎般撲過去。兩人在拉扯之間，雖然強姦未遂，但是屠巧縈頭部撞及牆壁而亡。賴志麟非但沒有報警，反而冷血地處理善後，讓人誤以為潘群是殺人兇手。

「葉先生，我們也該走了。」陳皓和潘群站起來，和葉威廉握手告別。

葉威廉送他們到門口時，忽然想到蘇格蘭愛丁堡最高法院法官布朗里先生，曾經在英國刑事科學協會演講，其中之一片段——自從聖經上記載亞伯被殺以來，血跡已成為暴力犯罪案件中，不會說話的證人。那麼在這件命案之中，微生物就扮演了全世界中，最小最有力的目擊者了。

第十二章　曙光

一九九五年六月

當陳皓重提屠巧縈命案，葉威廉想起自己能夠幫助潘群洗清罪名，也協助警方逮捕了真兇賴志麟，乃是運用美國緬因大學 Melvin Gershman 教授的論文。

後來，葉威廉依據這個「利用細菌特性破案」的理論，寫了一篇科幻短篇小說〈微生物擒兇記〉。全文大意如下：

在二十一世紀，微生物將在謀殺案件之中，扮演最重要的角色。這個理論是來自二十世紀，美國緬因大學 Melvin Gershman 教授的假說：由於每個人身上，各有不同種類的微生物，縱然有些相同，其比例數也不一樣，就像「指紋」。只因為在二十世紀，空氣汙染嚴重，以及微生物分類學尚未達到完美，所以該假說雖然成立，但是理論無法實際運用。

相信不久的將來，經過科學家的努力，必定會突破瓶頸，以空氣採菌法，在命案發生現場，收集有「嫌疑」的微生物。然後培養鑑定，分類統計，再從電腦檔案中，篩選出合乎實驗數據的「嫌疑犯」。

然而，就像二十世紀的犯罪者懂得戴手套，以免留下指紋。未來的犯罪者也懂得犯罪之前後，用消毒液噴灑現場，以免自己身上的細菌留下來。或是有的人在犯罪時，預備一罐雜菌濃縮液，這裡噴一噴，那裡噴一噴，讓刑警一個頭兩個大。更有些狠角色，偷得別人身上的細菌，依樣畫葫蘆，移花接木，嫁禍他人。那個時候，許多冤獄都是如此造成的。

「還有破案關鍵，你太了不起了！」陳皓太興奮了，不由得伸手去推吃飽飯就想睡覺的葉威廉。

葉威廉雙眼迷濛地看著陳皓，疑惑地問著：「還有、還有什麼？」

「我傳真命案現場的照片，你看到什麼層流裝置台上，有幾個什麼培養皿……然後就找出殺死許淑芬的兇手。」

一九九〇年十一月

許淑芬命案發生後的隔天午前，陳皓接到韶華的電話。說完立刻向傳真機走去。他拿起資料，仔細看了幾遍，然後直接走進宋組長的辦公室。

開了一整晚會的宋組長雖然依舊神采奕奕，但是那張大臉看起來像隔夜的蔥油餅，油膩不堪。他睜著佈滿血絲的眼睛，用期待的表情迎接陳皓。

「松本製藥廠特殊藥品備材倉庫的氣閘室確定是被人刻意破壞，所以我們可以推理兇手是從氣閘室潛入特殊藥品備材倉庫，經過緩衝區，進入特殊藥品充填室，將許淑芬殺死。然後沿著來時路逃之夭夭。」

「所以兇手必定是廠內的員工。」

「還有……」陳皓不急著對宋組長的論定下評語，轉題而說：「剛才李課長還說：藥廠掉了一套無菌衣，失主是研發部的宣修文。因為制服丟掉不見，是要賠錢，所以他拚命找。最後還是找不到，只好向總務部申請補發。由於涉及命案，李課長覺得有向警方報告的必要。」

「難道宣修文是兇手，故意自圓其說。或另有他人的兇手偷走了那件無菌衣？兇手是廠內的員工的可能性又增加幾分。」

「李課長說：昨天命案發生時，宣修文請假。」陳皓又說：「我要求李課長將宣修文的資料和穿著無菌衣的照片傳真過來。宣修文約一百八十公分，體重將近一百公斤，無菌衣都是訂製的特大號。」

「兇手穿上蒙頭蓋臉的無菌衣，除了遵守藥廠內部規定，還可避人耳目。可見兇手對於工廠，尤其是研發部那邊的人很熟，連實驗衣放置的地方都不會弄錯。」

「這樣涉嫌人不是縮小許多了嗎？」

「話是沒有錯，主要是動機不明確，也沒有直接證據，無法要求搜索扣押。何況如果每個涉嫌員工都要監視跟蹤，目前的人力是辦不到的。」

「組長。」有位原住民警察門也沒敲地衝進來，大大的眼睛因興奮而眨過不停。

宋組長看到對方的神態知道命案的偵查必有所突破，但是仍不動聲色地問：「什麼事？」

「最新消息，死者身上發現三根可疑的毛髮。」

「總算露出一絲曙光。」宋組長嘆了口氣，說：「我們現在就過去看看。」

負責化驗的是位姓歐的女博士，大學畢業之後，一直在研究機構從事化學分析的工作。偶然的機會，參與命案偵察而發生興趣。十年前，正式加入警政工作，由於表現卓越，曾經被派至美國芝加哥西北大學所創設犯罪偵查實驗室（Crime Detection, Northwestern U.）受訓。那是由高達德博士（Dr. Calvin Hooker Goddard）在西元一九三〇年所規劃設立，堪稱世界上最早、最具權威的刑事科學實驗室。她已經三十五歲，不過由於未婚，而且懂得保養和裝扮，所以看起來像是三十出頭。髮型是燙得捲捲短短的黑人頭，兩邊是一對晃來晃去的大耳環。誇張的紫色眼影和含有銀粉的口紅，敞開的實驗衣露出窄裙和半掩酥胸的襯衫，讓陳皓誤以為對方是正在拍攝科學雜誌封面的模特兒。

「宋組長，無事不登三寶殿吧！」歐博士笑盈盈地拉把椅子，又說：「你這麼一親自光臨，我心理倍感壓力。請坐，請坐。」

「沒辦法，這案子上級管得緊。好不容易發現兇嫌的毛髮，別怪我心急如焚。」

歐博士翻了翻一本放在桌上的英文參考書，標題寫著 Examination of the Hair「毛髮之檢查」，然後嬌聲嬌氣地對宋組長說：「毛髮的鑑別，首先要分辨人毛或獸毛。另外，可以從毛髮的構造判定為男人或女人，以及毛髮主人大約的年齡。自然脫落或外力扯落也是觀察的重要項目之一。」

陳皓知道歐博士故意在「弄」宋組長，可是後者一脫平日的暴躁，如同一個用功的小學生，絲毫沒有不耐煩。

「目前有些實驗的結果已經做出來了！」歐博士東扯西扯了一番，才慢慢翻開檔案夾，說：「鑑識課在白色實驗衣上，找到了三根不屬於死者的頭髮。由於法醫從身高、力道以及種種線索判定，凶手一定是男的。所以我們要證實他的說法。」

宋組長起身跟著歐博士走向實驗台。一時之間，陳皓跟也不是、不跟也不是。

歐博士用鑷子夾起毛髮，說：「我們先用肉眼來觀察尖端、毛幹、毛根的形狀，然後記下長短、粗細和捲縮的樣子。」

陳皓聽不見歐博士在講什麼，因為被她身上飄散出來的氣味薰得無法思考。直到他發現歐博士似乎有意，又像無意地摸摸宋組長的胸部，碰碰他的屁股時，才真正感覺到自己的尷尬和不合時宜。

「我們用生理食鹽水洗去毛髮上的污垢，如果是髮油之類，再用酒精洗一遍。如果要檢查細部構造則要用3% Oxyul清潔液和30%的硝酸浸泡，以便除去色素。」歐博士嬌笑一聲，媚眼如絲地說：「怎麼樣？是不是很有趣？」

當陳皓看見宋組長痴痴傻傻地笑著點頭，立刻感到房間之外有股強大的吸力。於是藉口上洗手間，屁股著火似地走人。當他關上門，聽到……。

「看來那位帥哥是你最得力的助手？」

「之一。腦筋好、反應快、又肯拚，是當警察的料。」

「能夠被宋組長這樣稱讚，應該不是省油的燈。不過，看他那娘娘腔的樣子，總讓人不太敢信任。倒是像宋組長這樣，是標準的表裡一致。」

「歐博士又消遣我了。」

「開開玩笑嘛！不然在這種超高壓力下工作，不死也剩下半條命。」

陳皓正想離開，歐博士的聲音又把他拉住。

「喔！可憐的老宋，黑雲後面有太陽，不要這麼愁眉苦臉，又不是世界末日。來！我們一起做實驗，暫時把苦惱忘掉吧！」

「公事為主，我先們把實驗結果做出來再說吧。」宋組長喘息地建議。

「毛髮鑑定的步驟和分類，一，人毛或獸毛、二，男毛或女毛、三，發育的部位，就是說是頭髮、鬍鬚或是陰毛。」

陳皓不知道這是調情，還是醫學研究，聽到歐博士忽然又是一聲嬌笑，說：「女人的陰毛髓質比男人豐富整齊，你要不要看，我可以用我自己的陰毛做成切片，讓你觀察。」

男女的低語淺笑、玻璃儀器清脆的敲打聲、離心機的低吼……缺乏想像力的陳皓還是有辦法拼湊一個完整的畫面。

「對了，或許你也可以貢獻你的陰毛供我做實驗。從你那頭怒髮看來，陰毛一定也是倨傲不馴，我最喜歡那種型式的陰毛了。」

陳皓真的去上了一趟廁所，買了一罐咖啡，等到實在無法再熬下去。硬著頭皮重回歐博士的化驗室，用力敲門，等待有人開門。

歐博士很快來應門，本來敞開的實驗衣，所有的扣子都扣上。陳皓看見宋組長不安穩地坐在顯微鏡前面，抖著手調焦距，故意大聲地問：「頭髮上面有綠色的陰影是什麼？」

「那是男性的髮油，一般都滲加綠色色素。我們判定是賓士美髮霜，至於年紀嘛！大概是三十至四十歲吧！如果有嫌犯，就可以做比對鑑定。」

「不錯。」宋組長行了個舉手禮，然後站起來，說：「我想我該走下一步棋了。」

「祝你成功。」

陳皓冷冷地看著嬌娃深情款款地握住鐵漢的手。

兩人離開化驗室，宋組長快步走向販賣機。買了兩瓶飲料，丟了一瓶給陳皓，然後往停車場走去。

「組長，我們要去那裡？」

「松本製藥廠。」

陳皓開車，宋組長坐在旁邊。

「宣修文可以列為偵查的主線，但是也不要太主觀，免得掉入死胡同。等一下到了松本製藥廠，看能不能找出是否有殺人動機，然後再縮小範圍，得到新的觀點。」

「組長。以前我在警官學校讀書的時候，教授犯罪偵查學的老師曾說，有時候殺人動機通常是芝麻蒜皮之類所引起，所以必須排除動機和感情的因素。」

「你說的那位老師是和我同期的，後來當立委去了。」宋組長用手背扣打著車窗，說：「他著作的《犯罪偵查學緒論》，一開始就這麼寫著：『犯罪自發生後，偵查機關和偵查人員，必須依職權主動展開偵查，並運用各種偵查手段進行偵破，否則罪犯者逍遙法外，不僅造成社會動盪不安，且將因而誘發更多的罪犯發生。』事實上呢？當他當立委的時候，卻不斷地砍預算。」

陳皓習慣上司的牢騷，左耳進、右耳出，心裡想著葉威廉給他的回信，還有建議。

「我記得他曾經替在職警察上課時，說到必須運用各種偵查手段。有關警察在緊急行動上，不可以死守職責說明上的步驟，按部就班地依法行事。他認為那是菜鳥入門時的口訣和演練，或只適用於一般常見的犯罪行為。真的那樣去做的話，罪犯早就逍遙法外了。最實際的例子，就像新手考駕照。在教練場練習時，倒車入庫，看點右二圈，看線左二圈，路邊停車，又是左一圈、右一圈，再來一個左二圈。他認為政府必須給警察更大的權利，可是前幾天他在立法院質詢，抱怨警察執行過當，懷疑警察濫用職權，必須加以限制。」

「組長，你好像有感而發？」

不久，松本製藥廠的五字招牌在路邊出現。陳皓停車，等待守衛過來確認身分，再依照指揮將車停妥。兩人被出來迎接的祕書帶到會議室，韶華立刻滿面笑容地走過來。宋組長別有含意地看了陳皓一眼，後者不甘示弱地回瞪前者。

「打擾了。」

「那裡、那裡。警民本一家，我們工廠也常受到警察先生的照顧，何況又是本廠員工受害，主動幫忙是應該的，怎麼會說打擾呢？廠長和副廠長都到台北公司開會，所以由我代表。」

「我知道李課長很忙，所以也不浪費時間。」宋組長喝了一口祕書準備的咖啡，說：「麻煩妳再把案發當天的出勤時間記錄調出來，尤其是研究開發部在八點半到十點，人員都在做些什麼？」

「是！」韶華因為事前被告知，所以早有準備。從放在會議桌上一疊厚厚的資料，抽出一個卷宗說：「這是研究開發部人員的工作日誌，每個人都會在上面書寫什麼時間，做什麼工作。這些資料，陳皓都看過。」

陳皓趕緊解釋：「昨天時間太匆促，沒有調查仔細。換句話說，日誌上面書寫的時間和工作項目，必須要有佐證資料！」

宋組長不解地看了陳皓一眼，陳皓低聲說明：「工作日誌上面的數字必須要有相對紀錄。例如某某先生的工作日誌上寫著：早上十點到十二點在開會。那麼要把會議記錄調出來，證明某某先生是否在場。如果會議記錄沒有某某先生的出席紀錄，那麼就要追加說明原因。」

「喔？」宋組長沒想到陳皓突出奇招。

「松本製藥廠是GMP藥廠，保存紀錄是最基本的要求！」

「這個，你也知道？」

那就是葉威廉回信中的建議之一，陳皓考慮是否要誠實告訴宋組長時，韶華請示到底要從哪位員工開始。

「從『宣修文』開始吧！」

「宣修文因為父親過世請喪假，不過昨天早上有來一下下，立刻就走了。」韶華來回看了眼前的兩人，繼續說：「他負責的工作是培養細菌，必須在固定時間做『繼代』，否則菌種很容易死亡或變種，千辛萬苦培養出來的細菌就會整個報銷。因此，工作日誌空白，但是卻有工作紀錄。」

「他今天有來嗎？」

「今天剛好假滿，有來上班。」

「可不可以先查一下他昨天進廠和出廠的時間？」

「可以！不過，我已經確認他離開工廠的時候，許淑芬和同事還在無菌區更換制服。」韶華緊張地問：「難道他是兇手？不可能吧！」

宋組長揮手阻止對方的胡思亂想，說：「我們只是想深入了解，僅此而已。能不能請宣修文先生來一下。」

「可以、可以。」

韶華以內線通知宣修文，直到後者來了之後，便彎腰鞠躬離開，同時輕輕把門關上。

「聽說你掉了一套無菌衣，是不是？」

「是！」宣修文在宋組長銳利的眼光下，微微顯出不安。

有一道陽光斜照下來，剛好在宣修文的髮梢閃耀。他的頭髮烏黑自然，沒有抹髮油或擦髮霜的痕跡。陳皓心想：四十八歲的宣修文，人高馬大、虎背熊腰，但是卻有一口大暴牙，顯然並非女孩子喜歡的那種典型。會不會和許淑芬有著什麼不可告人的關係？這個假設很勉強，立刻被陳皓推翻掉。那麼，到底是什麼樣的犯罪動機呢？然而聽取宋組長和宣修文的攻防談話之間，身為旁觀者的陳皓並不認為宣修文會是殺人兇手。

恢復鎮定的宣修文立刻為自己辯白，最可信的證詞當然是牢不可破的不在場證明。

宋組長做了個「瞭解」的表情，說：「我們對於犯罪查證主要是求真和求實，證據的認定，必須多方面細心求證。如果在今天的談話中，你認為有違背人權的地方，請多多原諒。另外，我想向你要幾根頭髮，如果你認為這是無理的要求，可以拒絕，我們不會強人所難。」

「真金不怕火煉，我又沒做違背良心的事，對於你的要求，我樂於配合。」宣修文受過高等教育，而且見聞甚廣，說：「請將今天的談話做成筆錄，包括對我的種種要求，雙方簽章存證。」

宋組長要陳皓立刻照辦。

宣修文將筆錄仔細看過一遍，指出某些地方不太合理，要求陳皓修改，然後簽下自己的名字。另外，他讓陳皓用鑷子拔下三根頭髮，放入塑膠袋裡面，交給宋組長。

「希望你們能夠早一天將真凶繩之以法。」

「會的！會的！」宋組長微笑回應，本來想就此打住，突然心尖一指彈，便隨意地說了一些五四三的事，然後清描淡寫地說：「關於連城食品廠唐祥清的死，你有什麼看法？」

「完全沒有概念。」

「好吧！那就請你先回去，順便請李課長回來。」

宣修文點頭離去，幾分鐘後，韶華走了進來。

「我們今天就到這裡好了。」宋組長將手中厚厚一疊紙，遞給韶華，說：「這些資料，我已經編號頁碼，麻煩妳影印一份給我們。」

「等一下。」陳皓表示他還有要事拜託李課長，他說：「我們想把昨天，妳們在命案現場所做的落下菌測試，所使用寒天培養皿全部帶走。這個程序一定要按照妳們廠內的『送樣檢驗』的標準作業程序執行，不過我們要全部。」

所謂GMP藥廠的標準「送樣檢驗」作業程序：當原物料、半成品或成品完成了化驗，藥廠必須準備至少三份樣品。萬一出現品質瑕疵，藥廠和對方產生糾紛，其中兩份必須在雙方代表見證下，現場化驗分析。如果該兩份樣品檢驗結果不一致或對方不服，申請第三方仲裁時，至少還有一份預留的樣品可以上場使用。

韶華露出迷惑不解的表情，但是也沒多問，默默離開。

會議室只剩下宋組長和陳皓兩人時，前者立刻質問後者到底是怎麼一回事？

「那些落下菌可能會告訴我們誰是殺死許淑芬的兇手。」

於是，陳皓提起葉威廉曾經以美國緬因大學 Melvin Gershman 教授的「利用細菌特性破案」的理論，破解了四年前的屠巧縈命案之謎。如今，葉威廉再次運用這個理論。

「喔！名偵探出馬，破案有望了。」宋組長好不容易露出笑容，說：「還有開會時，你推理兇手的行凶路線。以及剛才你說什麼ＧＭＰ藥廠，保存紀錄是最基本的要求。應該都是葉先生面授機宜的吧！」

第十三章　殺人犯的半自白

一九九五年六月

葉威廉準備的「葉氏排骨」只剩下了骨頭，「酸辣雜菜湯」只留下一點點閃著油光的湯漬、「青椒鳳梨蝦仁蛋炒飯」連半顆飯粒都不留，盛「馬鈴薯沙拉」的盤子清潔溜溜，恰似被清水沖過。

飽餐過後的陳皓說得更加起勁：「我將三份落下菌培養皿的其中一份交給我的弟弟化驗，你應該認識他吧！他唸大學的時候，曾經在松本製藥打工。畢業後來留校當助教，協助向政府申請研究的教授做實驗。表現優異，經過學校教授介紹，到連城食品廠當廠長。」

葉威廉聽到陳皪，精神一振：「喔！你那個很有才情的弟弟，難道還在連城食品廠當廠長嗎？」

「連城食品廠的廠長唐祥清當時行蹤不明，現在確認已經死亡。陳皪被要求代理廠長，終究，發現志趣不合，沒多久就離職到美國去了。我把話題扯遠了。」陳皓笑著說：「其中一份的落下菌測試培養皿共分時間組和區域組，時間組分9：30～10：00，10：00～10：30。依照李課長的說明，本來是要繼續做到許淑芬工作完畢，但因為發生命案被迫中斷。區域組分特殊藥品充填區、特殊藥品備材區，還有兩區之間的緩衝區。特殊藥品充填區細分兩組、空間較大、規格較寬的特殊藥品備材區也細分兩組，緩衝區則只有一組。每組共有三個培養皿，共有三十個培養皿，全部放在冷藏庫保存。」

「嗯！」葉威廉當時遠在荷蘭，沒有實際參加辦案。兇手是誰，他不感興趣，所以顯得興致闌珊。

「當時，我一想到要填多少文件，才能夠取得鑑識課的化驗最速件，還不如請微生物專家的陳皪親自操刀。所以順道到離松本製藥廠不遠的連城食品廠。本來培養加上檢驗至少要48小時，然而三十個培養皿在經過24小時的30度C恆溫培養之後，很快發現10：00～10：30的特殊藥品充填區的六個培養皿或多或少產生細菌。最令人驚訝和興奮的是其中竟然混雜有乳酸菌，而且是特殊品種的乳酸菌。」講到這裡，陳皓露出自我陶醉的表情，說：「結果發現那是只有陳皪他們家才有的特製乳酸菌，於是請陳皪私下調查誰的頭髮灰白，而且有擦賓士美髮霜。結果，兇嫌就是曾經在松本製藥廠工作過的戴坤勤。經過歐博士的毛髮比對鑑定，戴坤勤果然就是勒死許淑芬的兇手，而且他也坦承不諱。」

一九九〇年十一月

我是戴坤勤，沒錯！是我殺死了許淑芬。

許淑芬是我生命中的第二個女人，當時她叫莎蜜。至於我是莎蜜生命中的第幾個男人，我不知道。我只知道在我之前的是鷹仔。先說說我和莎蜜如何認識，以及後來的經過。

當時我在松本製藥廠上班，因為不愛被限制，所以和另外兩個同事在外面租了間公寓。三個人輪不同班，所以感覺上，好像這棟公寓只屬於我一個人似的。公寓後面的陽台，房東放了一台洗衣機，不過我們三個人很少去使用，反正制服在工廠有專人負責清洗。內衣褲嘛！洗澡時順便搓搓揉揉，稱頭點的衣物就送去洗衣店。

因為沒有使用洗衣機，所以不常去陽台，以至於我和莎蜜就延遲了好幾個月才見面，然而現在回想起來，是不是不相遇，對於我而言，才是福氣呢？難講啊！人生的是非曲折，實在很難講。不談這些了。後來，我知道莎蜜曾經在松本製藥廠做過。當時她在藥品檢查室工作，和我的部門毫無瓜葛，而且藥廠員工眾多，無法認識每一個同事。

總之，我有次到陽台上去找東西，還無聊地逛一下。無意中看到對面公寓的陽台，有個女人在晾衣服。她穿了件薄薄的袍子，只用兩條極細極細的帶子掛在肩上。我注意到她舉起雙臂時，腋毛異常的豐厚，陣陣風吹來，似乎可聞到那迷人的體味。

我傻傻地看著，直到她發現我。我趕緊回到屋子裡。一個小時以前，才上完大夜班，照理來說，應該躺在床上呼呼大睡。但說也奇怪，我一點睡意也沒有。從床上跳下來，再度走向陽台，外頭開始下著毛毛雨，陽台上的女人不見了。

一個人，心中有一個女人，一屋子的寂寞。那些寂寞一瓣一瓣地綻開，一股一股地扭曲著，一絲一絲地纏著……感覺只要輕碰身體上的任何一個部位，就會開始燃燒。屋外的毛毛雨愈飄愈重，轉而變成大雨，可是身體越來越熱。

我披上雨衣，騎上摩托車，往經常去的那家觀光理髮廳駛去。

女人的手指在我的背肌移動，我心神煥散地望著架上的娃娃，是個半蹲的挑夫。如果擔子的兩邊分別擱著快樂和悲哀，比較沉重的那一邊，必定是悲哀吧！

性慾釋放，心情反而更加空虛地走出來。雨已經停了，有一段小彩虹在雲際若隱若現。左拐右彎，然後是一條又長又寬的路，我順暢地往前直衝。

新明牛肉麵。

熟悉的招牌飛掠而過，那不是我第一次請阿鸞吃飯的地方嗎？阿鸞是我生命中的第一個女人，三年的交往，懷了我的孩子之後，愛情忽然變卦。我苦苦哀求，她求去之心如鋼似鐵，但願意留下我的孩子。我的人生到底哪裡出了差錯？放慢了摩托車的速度，然後轉回去，在麵店門前停下來。

回憶中的紅燒牛肉麵已經全然失去了滋味！拖著熱熱飽飽的身體，到哪裡去呢？雨後的空氣很好，有臭氧的味道。聽說大氣的臭氧層破洞，美國正設法修補。我抬頭望望旁邊的一塊招牌——邱整形外科。邱整形外科很露骨地對南來北往的行人表示，邱醫師可以替女人修補臭氧層。

我想起對面公寓的陽台，舉起雙臂的女人，豐厚濃密的腋毛，似有若無的體味。不！體香。一陣強烈的疲倦感突然從體內湧上來，異常的迅速。路過中山路的大東戲院，我把摩托車停好。買了票，走進戲院。

黑黑的感覺很好，愛雲芬芝在銀幕上一邊舒展她成熟妖豔的肉體，一邊挑逗我的情慾。我慢慢閉上雙眼，感覺似乎睡著了，忽然被一隻手觸摸而清醒。手的主人是個帶著猥瑣笑容的老人，猥瑣得令我失去打他的心情，只能瞪著他，瞪著他一點一點地縮回去。

離開電影院，我又繞了幾圈，不知不覺來到豬埔仔，一條藏著很多很多女人的街頭。口袋沒剩多少錢，沒有勇氣進去，只在暗示有小電影或十八招的店門口探探頭，卻碰到了鷹仔。當時，我並不認識他。但是他卻認識我。

他的身體非常壯碩，卻有張蒼白的臉，站在一家卡拉OK的門口，和一個大學生模樣的男孩聊天。這個畫面通常是魔鬼引誘亞當吃禁果。不過，這個魔鬼一看到我，就丟下男孩，向我招手。我不理他，理由是沒有錢。

「我是你的鄰居。」

「鄰居？」

「你好像是在工廠上班，有時上大夜班，或是中班回來，我們都會在巷口碰面。」

「對不起，我的眼力很差。」
「怎麼，今天放假？」
「輪休，所以出來走走。」
「怎麼，要不要叫個小姐陪陪？」
我說幾個鐘頭前，剛從某家觀光理髮廳出來。他立刻批評那一家理髮廳的作風，希望我能轉移陣地。這間卡拉OK便宜又大碗，經濟實惠多了。
「好！以後就捧你的場。」
「夠意思！今天我請你喝幾杯，同時熟悉一下環境。」
鷹仔很熱心，使我不好意思拒絕。沒想到小小的屋子，擠了這麼多人。
「假如你對任何一個女孩子有興趣的話，我會安排。那邊有個會說中文的老外，我介紹你們認識，免得一個人坐在這裡，既無聊又無趣。」
我望望坐在角落的中年男人，看起來簡直像一尊潮解的石像，還有斑駁的青苔。
「他人很好，就是脾氣怪怪的！」鷹仔滔滔不絕地說著話，我變成剛才那個大學生模樣的男孩，他又說：「一個月前，他路過我們店前，我對他English一番，他就面無表情地走進來，然後幾乎每天都來。有時候屁股沾一下椅子就走，有時候一坐就是一整天。剛開始，我幫他介紹女孩，結果他一個都不中意。」
「會不會是……」

鷹仔像鴿子般咕咕地笑起來，說：「我也有那種想法，結果證明不是。他只是個孤獨的人，喜歡來這裡坐坐，看看熱鬧的人群。」

「那萬一他不理我呢？」

「那也沒怎樣，外國人嘛，比較有禮貌。不理人，也不會當面給你難堪。」鷹仔不斷地推我，使我感覺我好像是他們店裡的小姐。

「哈囉！費茲羅先生。我跟你介紹我的鄰居，也是我的好朋友。好了！我有事先失陪，你們好好聊聊，需要服務的地方，招手叫我就可以了。」

費茲羅先生自稱來自澳洲，談了袋鼠和無尾熊之後，我們默默地喝著各自的啤酒。後來他又開口，可是屋內的聲音很吵，我聽不清他說了些什麼話。

有個戴頭套、打扮很新潮的男孩被同伴慫恿上台唱歌。他用做作的感性聲音，說：「多年前，喜歡上一個日本女孩。」所以，他用懷念的心情詠唱這首歌。為了讓大家多些瞭解，他將歌詞大致地說一遍：「玫瑰花開了，在我荒涼的院子裡；雖然只有一朵，院子突然充滿了活力。玫瑰花謝了，我的院子又回復到往日的荒涼；雖然玫瑰花謝了，卻永遠盛開在我孤獨的內心。」

我發現屋內的許多人，似乎都陶醉在他的歌聲中。有個陪唱的女孩子誇張到用手指去抹眼睛，至於是否真的淚水，天曉得？

「戴先生，你沒有把我的話聽進去吧？」費茲羅看了看那個唱歌的男孩，不屑地說：「你喜歡嗎？看你聽得入神，我不喜歡。」

「還好，大家不是都很喜歡嗎？」

「現在就是流行這個！愛情不但要包裝，還要調味。加一些浪漫，加一些傳奇。弄到最後，愛情的原味不知變成什麼樣子。你知道嗎？愈好吃的東西愈容易膩，愈刺激的東西愈容易疲倦。」

當我看到費茲羅幽幽地垂下眼皮，睫毛在臉上構成的陰影，彷彿蜘蛛網似地，忽然感到心頭寒颼颼，不僅是面對這個陌生的外國人、我那破碎的愛情，還有整個虛偽的社會。

「除了愛情，難道沒什麼可談的嗎？我對於愛情，除了傷心，沒有什麼感覺。憑良心說，我對婚姻沒什麼信心。」

「我結過婚了！」他故意留下幾分鐘空白，說：「不過，我太太死了。」

「對不起。」我有口無心地說。

「沒關係。反正人生下來，就注定要死，而她走捷徑地提早到了終點。我太太是個保守、可愛的台灣鄉村女孩，不知道為什麼會嫁給我這藍眼睛的怪物。十年前，我奉美國政府來台調查一些商業事件，認識了她，前後不到一個星期，我們就結婚了。是不是很瘋狂？」

「是……很瘋狂。」

「她過世之後，我就決定回來台灣，因為在這裡，我似乎可以感覺她還活著。我真的非常愛她，如果你結婚了，應該能夠體會我的心情。」

我不想多說自己的事，彷彿遇到一個人，他有一顆好大好大的寶石，然後問你是不是也有。

而我是只有一顆好小好小的寶石的人，寧願說沒有，也不願意拿出來獻醜。

「我該走了，謝謝你和我作伴。」

「不客氣，再見。」

費茲羅走後，鷹仔就過來，說：「你們很聊得來嘛！這是我第一次看他談得這麼開心。你們聊些什麼？」

我不是一個守得住話的人，何況費茲羅應該和鷹仔很熟才對，所以我就說出來。

「原來如此。」鷹仔喃喃地說，然後自顧自地喝酒。

因為鷹仔的關係，我才真正認識莎蜜。外人看來他們是夫妻，其實不是。我每次看到莎蜜，就會想到離我遠去的阿鸞，她是不是也在某個地方，和某個男人住在一起。

鷹仔真的幫我介紹幾個物美價廉的小姐，可是我潛意識渴望想和莎蜜上床，想要撫摸她的腋毛。魔由心生出來的動作，讓那些小姐捂住腋下，吃吃地嬌笑不已。或許女人天生具有敏銳的觀察力，莎蜜在某個晚上打電話到工廠給我，表示鷹仔不在，下班之後，我可以直接到她的公寓。

我和莎蜜發生男女關係之後，並不在乎鷹仔的感受。因為他常為了錢，把莎蜜放在摩托車後面，交給陌生的男人。只是我總覺得好像欺騙他，幸好只有一次。

半個月後，我再去那家卡拉OK，費茲羅依然坐在老地方，不過眼神流露神采。他拿出一張照片，說他要和照片中的女人結婚。

哇！莎蜜，他要和莎蜜結婚。

「鷹仔介紹的，對不對？」

他點頭微笑，說：「那個年輕人很懂事。」

想到曾經被抱在懷中的女人，要和這個藍眼睛的怪物結婚，心中有淡淡的醋意。我上台去唱〈恰想也是妳一人〉。費茲羅和鷹仔不知談什麼，看起來其樂融融。我下台時，費茲羅已經不在。

「莎蜜要和那個老外結婚？」

「是呀！」他蒼白的臉浮現一絲嘲弄的笑容，說：「我們沒有結婚，她要怎樣就怎樣，我沒有干涉的權利。」

「沒有權利，可是有理由。」

「什麼理由？」

「她深深地愛著你。」

「你又知道了。」

對於他那種玩世不恭的態度，我非常生氣，迎面就是一拳。這種場面似乎習以為常，幾個客人幸災樂禍地看著我們。音樂依舊，唱歌的人認真地看著螢幕上的歌詞。

鷹仔摸著臉頰，說：「你可以走了。」

我站著不動，準備第二拳。

「第一拳，我讓你。第二拳可就有來有往了，記住我是混什麼吃的，還有……」他指了指地板，說：「這裡是誰的地盤，要搞清楚，否則可要躺著出去。」

他按住我掄起的拳頭，說：「算了吧！小戴。這犯得著嗎？省點力氣吧！各人有各人的天，如果莎蜜不願意，我能將她和費茲羅綁在一起嗎？」

我收起拳頭，心想：是啊！我算哪根蔥、哪根蒜，憑什麼管人家男女朋友的情事？一夜夫妻百日恩嗎？那人家呢？

看著態度軟化的我，鷹仔冷笑地說：「費茲羅答應給莎蜜多少錢，你知道嗎？說出來，你都會吐血。」

我低頭默默走開，從此我再也沒去那家卡拉OK。半年之後，我升上組長，加了薪，也結了婚，直到某天我接到莎蜜的電話。

「坤勤，你還記得我嗎？」

「記得，妳是莎蜜，最近好嗎？」

原本聽起來很哀怨的講話聲，一下子化成梨花帶雨的哭泣聲。

「妳怎麼啦？」

「我最近很不好，不是很不好，而是非常非常的不好。」

我想起不久以前遇到我那無緣的阿鸞，她說她生了兩個女兒，夫家很不滿意，常常虐待她。還有家境不錯，媽寶一個的先生開始在外面包養女人。我聽了之後，只是笑笑，心中沒什麼起伏。但是對於莎蜜，我情不自禁地關切……。

「妳慢慢講，看我能不能幫得上忙。」

「我不會講，也不敢講。」

「那……妳要我怎樣呢？」

「我也不知道。」莎蜜終於控制了自己，低低地說：「我只要知道，這世界上還有個你就夠了。謝謝你。」

那是第一通電話，再來是第二通、第三通……從那些電話中，我漸漸清楚她很後悔嫁給費茲羅，因為金錢並沒有帶給她快樂。

「妳是不是還愛著鷹仔？」

「天哪！你怎麼會那樣想呢？」

「那時候，就是我們在一起的那一次，妳不是口口聲聲說他是妳的最愛？」

「為什麼男人總是那麼愚蠢。假如我愛他的話，現在我這麼痛苦，幹麼不找他而找你呢？何況我遇人不淑，他也要負很大部分的責任，我恨他都來不及了，怎麼會愛他呢？」

「可憐的莎蜜。」

「是的，我好可憐。如果沒有你的安慰，我連活下去的勇氣都沒有了。」

「費茲羅到底對妳做了什麼，讓妳如此傷心絕望？」

「我只是他前妻的影子。常常一天到晚不在家，不知道在外面做什麼。」

「妳可以振作起來，學些技藝，創造自己的天空。」

「沒有愛，做什麼都沒意思。」她停止哭泣，但是腔調依然帶著嗚咽，說：「我好寂寞，你知道嗎？坤勤，我好寂寞。我真怕一個人死在這裡，都沒有人知道，然後整個身體都長滿了蟲。」

「噓！不要說傻話。」

「我沒有說傻話，是真的！你有空的話，能不能來陪陪我？反正那個死老外又不在家。」

「可以呀！我現在當組長，不用輪班，時間也比較多。」

「真的嗎？好棒。我就知道你會有前途的！反正誰都不管我，那……我們去海邊，好嗎？」

不知怎麼搞的，我的腦海浮現起那異常豐厚的腋毛。但是當我再見到莎蜜時，卻發現她的腋下是光溜溜的。

我幾乎是用哭的聲音，問她：「為什麼會這樣？」

莎蜜無可奈何地說：「他的前妻是這樣，所以他強迫我剃掉。不但這裡，那裡也被剃得光禿禿，連我自己看了都覺得厭惡。」

「莎蜜！我要妳這裡長出來。」我溫柔地摸她的腋下，痴迷地說：「不但這裡，那裡也要。有了妳，我再也不會愛任何人。」我望著我生命中的第二個女人，不知不覺和我生命中的第一個女人重疊在一起，她們有著同樣悲慘的宿命。

當莎蜜娓娓地告訴我，她在費茲羅的要求之下，穿著老式的內衣，枯燥而無味地舔舐吸吮著他那巨大而柔軟的器官。有時候，她也會心血來潮地表現一番，希望他會因興奮而心臟痲痺，殊不知只換來更多滿足的呻吟。

憤怒竟然激起了我的情慾，所以我們就……，從臨時起意的小賓館，到刻意安排的大飯店。最後，我們就在釘著「費茲羅之家」的湖畔別墅定期幽會。

那一天，莎蜜反常地拒絕我的求歡，並且企圖掙脫我的擁抱。我以為這是她別出新裁的前戲，因而用四肢更用力地緊緊裹住那美麗的胴體，激情地呼喊：「莎蜜，我好愛妳，我們一起飛上青天，好嗎？」

「不要！」

我被莎蜜冷漠嚴厲的語氣嚇住，來不及問為什麼，因為房間內的氣氛蕭颯起來。我緩緩仰起上身，回頭往門口望去。門口有兩個人——費茲羅和鷹仔。

莎蜜用被單包住身體，縮到牆角。我雖知道早晚這一天會來臨，然而還是不知如何應對。

費茲羅咬牙切齒地罵道：「不知羞恥的狗男女。」

鷹仔拉拉他的袖子，說：「這不是莎蜜的錯，一定是他強迫她的！」

費茲羅不為所動地怒視我們。

「我是被強迫的！我是被強迫的！」莎蜜扯著嗓子大叫，細白的臉在亂髮之下，彷彿一塊碎裂的毛玻璃。

鷹仔繼續說：「躺在床上的男人破壞你太太的名節，殺死他吧！」

費茲羅的眼神混濁，奇異的表情彷彿是剛嗑過藥，或是喝了過多的酒。最令我吃驚的是，他真的取出一把手槍，然後對著我欲扣下板機。

我求救地看著莎蜜，也看著鷹仔，可是他們居然微微露出相似的笑容。當費茲羅舉槍對著我，我驀然瞭解這是一局可怕的陰謀。如果我死了，費茲羅難逃法律的制裁，莎蜜和鷹仔就可以享受金錢帶來的種種樂趣。誰能揭發呢？只有我，所以我不能死、不能死。

耳邊響起一陣巨響，我還沒多想，就失去了知覺。不過失去知覺之前的那一霎那之間，我沒考慮到生死與否，卻想到愛情、尤其是這場要人命的愛情。

第十四章　終點站快到了

一九九五年六月

美食讓陳皓精神百倍，卻讓葉威廉委靡不振。為了不讓「半睡半醒」的「睡」增加百分比，葉威廉起身，從架子取下紫砂壺和龍井茶葉。那是陳皓到杭州遊覽時，特地為他買的禮物。想了一想，葉威廉還是將它們再放回去。因為陳皓比較喜歡重口味的飲料，於是改換用熱開水沖了兩杯甜可可，並且丟了幾枚棉花糖在其中一杯。

「喝杯甜可可吧！」葉威廉進入客廳時，陳皓站在窗口，抬頭仰望天空中一鉤明月。於是笑著說：「還在魂牽夢縈西湖的山水情嗎？」

「我在想戴坤勤和許淑芬的愛怨情仇。」

葉威廉將那杯浮著彩色棉花糖的甜可可遞過去，說：「能不能說來聽聽？」

「戴坤勤的自白難以說服警方，殺人的動機太薄弱了。表面上看起來，遇到了仙人跳。可是他沒有損失，最後他只是被老外警告的槍聲嚇昏而已。不過，他辯稱，因為鷹仔和許淑芬的陷害，讓他的人生從此『走鐘』。首先，他的個人形象完全毀滅！雖然保住飯碗，背後卻遭人指指點點，毫無升遷希望。最糟糕的是，他和前女友生的小孩死掉了，聽說是一個非常聰明可愛的天才小詩人。夫妻兩人互相遷怒，最後兩人以離婚收場。種種因素導引他產生強烈殺死鷹仔和許淑芬的動機。」

胃部肌肉有如攪拌機的陳皓大言不慚地要求葉威廉提供甜一點的宵夜，葉威廉找了個奶酥大菠蘿。

「小孩死掉，婚姻也完蛋了，於是他開始走上復仇之路。經過打聽，鷹仔被人打死，可是許淑芬卻和一個很優秀的年輕人在一起。不滿和怨恨突破了理智的界線，他計畫在他們的婚禮上當眾殺死身為新娘的她。沒想到當他正起身，有跟多人開始叫囂，然後展開暴亂。新郎死了，許淑芬逃過一劫，卻瘋了。每當工業區上下班，總會有人看到一身華服的許淑芬瘋瘋癲癲地走在車陣之間，戴坤勤目睹這一切，知道老天替他報仇了，熊熊的怒火逐漸熄滅。」

陳皓只顧講話，竟然忘了擱在眼前的奶酥大菠蘿。經過葉威廉的提醒，才開始動手。葉威廉知道陳皓自有特殊的吃法，於是又準備一杯康寶玉米濃湯。

「然而許淑芬卻遇見了好心的施美凝，不但讓她回到松本製藥廠工作，還幫她打理生活。逐漸恢復正常的許淑芬看來很幸福，戴坤勤的怒火死灰復燃，熊熊火焰一發不可收拾。於是事情演變成這個樣子……」陳皓邊吃邊說：「戴坤勤的殺人動機有點像小說情節的匪夷所思，但是檢察官才不在乎那些，他注重的是證據。命案現場的落下菌發現有特殊的乳酸菌，也就是連城食品廠特有產品的菌種，只有少數人才能接觸到。死者身上三根可疑的毛髮經過比對確實是戴坤勤的沒錯，證據確鑿、不容置疑。」

葉威廉把陳皓帶來的辦案紀錄和照片仔細閱讀觀察，拿起其中三張照片，反覆仔細查看，並要求陳皓仔細講述戴坤勤犯罪的前因後果和行兇路線。

「依照戴坤勤的計畫，先行辭去在松本製藥廠的職務，拜託曾經是同事的唐祥清進入連城食品廠工作。戴坤勤曾經在松本製藥廠工作多年，對於藥廠的設備環境、製程動線瞭若指掌。他首先查出宣修文請了喪假，但是由於必須在固定時間回工作崗位做『菌種繼代』。於是，趁宣修文不注意，躲入他車子的後車廂，順利進入廠區。他穿著以前在松本製藥廠的制服，所以沒有引起他人的注意。但是進入無菌區，因為必須換上無菌服，於是他偷了宣修文的無菌衣。由於宣修文的身材，無菌衣過於寬大，以至於在行兇過程中，將掉落的頭髮沾黏到許淑芬身上。」

「無菌衣過於寬大，和行兇過程掉落的頭髮應該沒有直接關係，倒是和頭套戴得是否正確有關。至於導引找到真兇的乳酸菌，正說明了天理昭彰，法網難逃。」

陳皓如同往常，先把麵包上面的格子酥皮，一塊一塊剝下來吃。再把留下來的上層的白麵包放到玉米濃湯攪拌，灑上一點點胡椒粉。最後把屍骨殘存的奶酥塊當成甜點。

「戴坤勤和宣修文做的工作雷同，也就是戴坤勤也在連城食品廠做乳酸菌的『菌種繼代』。他們操作時，為了防止汙染，都必須戴上無菌手套。由於乳酸菌並非害菌，所以戴坤勤會把用過的手套帶回家使用。當他行兇時，為了避免留下指紋，所以戴上沾染『乳酸菌』的手套。那些

『乳酸菌』掉落在測試落下菌的培養皿，成了貨真價實的『小小小目擊者』。」

葉威廉說：「假如戴坤勤不用自己的手套，而使用現場預備的手套。『小小小目擊者』就不存在了，破案流程會更困難些。」

奶酥大菠蘿中的奶酥塊不好拿，陳皓吃得滿手、滿嘴、滿臉髒兮兮，但是絲毫不影響他破百的顏值。

「原來如此，看來我又找出發生在松本製藥廠的許淑芬之死和發生在連城食品廠的唐祥清，由失蹤之謎到如今證實死亡，兩者之間有前因後果的關係。」葉威廉看著瞠目結舌的陳皓，揚了揚了手中的照片，說：「這幾張照片是命案發生時，鑑識課所拍，背景是松本製藥場的包材倉庫。李課長說死者生前幾天都坐在棧板上發呆、流淚。你再仔細看看這三張和其他同樣背景的照片有什麼不同？」

陳皓一下子就看出不同之處，說：「背景都是『醫藥品廢棄物』管制區，不過角度不同，所以這三張照片多了一個直立式的圓柱型機器。」

「這個機器正式名稱叫做高壓高溫滅菌釜，是藥廠不可缺的機器設備之一。高壓高溫滅菌釜的基本原理是通過加溫和加壓，讓密閉空間的水蒸氣飽和，不但可以超過水的沸點，甚至提升更高溫度。滅菌釜需要排去比『熱容』較低的空氣，以飽和水蒸汽取而代之，才能有效地滅菌。」

肚子又開始咕咕作響的陳皓有些不耐煩，殊不知愛吊胃口的葉威廉又說：「我曾經找到了一份藥廠稽核員的工作，主要針對無菌作業區環境。」

陳皓雖然心急如焚，然而十分明白這是葉威廉的思考順序，只能耐心聆聽。

「藥廠常常為了省電，冬天會關掉空調吸塵系統，但是謊稱全年運作無休。於是，我要求廠方出示電費單據。結果相差甚鉅，夏天用電量遠遠超過冬天，如果全年運作無休，兩季用電量應該差距不大。不過我被嚴重警告，因為稽核員不可以查閱被稽核單位的財務資料。」

「所以許淑芬命案……？」

「還有一次稽核，藥廠依照規定，品管製造紀錄必須保管至少五年以上。我要求廠方代表提供一份五年前的進料檢驗報告。以前電腦不普遍，沒有所謂的電子檔。結果送來的紙本是新的，筆跡顯然是剛寫的。不知道是沒有、或遺失、或被稽核的小姐懶得找，於是臨時做了一份報告。我假裝不知道，要他們再提供兩份，被稽核的小姐臉都綠了。」

「所以和唐祥清命案的關聯何在？」

葉威廉看了滿臉不耐煩的陳皓，笑容滿面地說：「當我看到照片中的高壓高溫滅菌釜，於是又想起，使用高壓高溫滅菌釜必須要定量的化學和生物指示劑……」

化學指示劑是利用藥劑達到某個溫度會變色的原理，而生物指示劑則是一種特殊的活菌製品，利用其達到某個溫度會被殺死的原理。兩者都可應用於確認滅菌設備的性能，滅菌程序的驗證，生產過程滅菌效果的監控。

「但是生物指示劑很貴，於是有些製藥廠會在滅菌記錄上寫：使用十片，實際上只用了五片。因為前車之鑒，不可調閱任何財務資料，所以我假裝要審查採購記錄，結果發現滅菌記錄當月用了一百片，結果只採購了五十片。」葉威廉嘮嘮叨叨地說了一串後，接著說：「喔！對不起，扯遠了。不過請容許我再說一次稽核……」

「還有一次稽核？你究竟還要講幾次稽核？」

「好、好，最後一次了！」

原本熱烈期待下文的陳皓轉個心情，反正這宗命案已經這麼多年了，也不在乎這一時半刻。

葉威廉帶著歉意的微笑，說：「藥廠對於製造環境要求很嚴，尤其是無菌製劑。他們為了防止汙染，空氣的管控……」

「空氣的管控共分A、B、C、D，這些我都知道，請說重點。」

「不錯、不錯。當我稽核管控中等的C區時，負責人跟我說他們每天消毒一次、清潔兩次。空口無憑，紀錄也可以造假。於是我在機器的死角，偷偷放了一枚五十元硬幣。隔天稽核時，那枚硬幣原封不動，負責人一看，啞口無言。」

「你很會整人喔！顯而易見的五十元硬幣因為極度乾淨的環境所忽略。至於你從照片中點出高壓高溫滅菌釜，是不是我們忽略了什麼？」

「依那台高壓高溫滅菌釜的大小和樣式，應該是屬於實驗室專用。松本製藥廠有兩間實驗室，分別為品管檢驗和研發試製。我猜想是後者，你可以去查查看。可是這台原本在實驗室裡面的高壓高溫滅菌釜怎麼會在包材倉庫的角落？當時，松本製藥廠的李課長不是給了你們命案當天和前幾天的工作日誌和對應的工作紀錄嗎？你可以從那些資料找出答案，但是答案一定會和事實有所出入。」

「誠如你說，資料會被改寫或竄改。我懂了，你剛才為什麼說那麼多廢話的用意。」

「還有，你還記得松本製藥廠鬧過鬼嗎？後續如何？」

「有人說鬧鬼，有人說有小偷潛入工廠。」陳皓憑著記憶回答：「有人在三更半夜看見人影走動，以及研發課的機器壞掉了，卻無緣無故自動操作。李課長出面說明之後，從此沒有類似的情形發生。」

「我想起來了，你曾經跟我說過。可是，我覺得還是有點強詞奪理。她說，經過玻璃窗的折射和映照，會在不同的地區出現影子，所以被誤以為鬧鬼或有小偷潛入。這是很好的解釋，然而松本製藥廠創立多年，為什麼這種情形以前都沒發生過，而且李課長出面說明之後，從此沒有類似的情形發生。所以我認為真的是鬧鬼或有小偷。前者不可能，那就是後者。至於是不是真的小偷，等一下再討論。至於研發課的機器壞掉了，卻無緣無故自動操作。」

陳皓接過葉威廉手中的三張照片，端詳之後，恍然大悟地說：「原來那台機器就是高壓高溫滅菌釜。」

「依照李課長的解釋，高壓高溫滅菌釜滅菌效果不佳，但是無法在實驗室裡測試，所以拿到外面，請夜班的技術人員測試。可是查看當天工作人員的日誌和相對紀錄，假如沒有在夜間測試高壓高溫滅菌釜，甚至沒有測試的技術人員簽名紀錄的話，李課長到底是睜眼說瞎話，還是刻意隱瞞事實。」

陳皓回想當時到松本製藥廠查閱資料，只專注於宣修文的紀錄，並沒有多做它想。他心跳不知不覺加速，問：「我一直有個疑問，唐祥清的屍體如何神不知、鬼不覺地從連城食品廠搬運至松本製藥廠，然後被塞入高壓高溫滅菌釜滅菌？」

「你忘了嗎？當年李福發命案，連城製藥廠有個技術員不是推理兇手黑卒仔將屍體藏在運奶車裡面嗎？因為那一次的牛奶，品質壞得離譜。但是事實並非如此，李福發的屍體並沒有藏在運奶車裡面，也許是唐祥清的屍體。」

「我可以去調查在唐祥清死亡那天，是否有運奶車進入松本製藥廠內。嗯！還有車號，司機是黑卒仔……」陳皓搖搖頭，說：「不可思議、匪夷所思、太瘋狂了！」

「你要不要把整個過程整理一下，包括許、唐兩案的關聯性。」葉威廉明知故問。

「兇手殺死唐祥清之後，將他的屍體放入運奶車，所以黑卒仔鐵定知道誰是兇手或主使者。我可以去監獄探視黑卒仔，看能不能挖掘一些真相。黑卒仔協助兇手將唐祥清從運奶車搬出來，放進高壓高溫滅菌釜。然後，兇手連續在深夜用高壓高溫毀壞唐祥清的屍體，造成骨骼嚴重變形縮小。」

「這個過程除了暫時藏匿屍體，消除引人注意的惡臭。縮小變形的屍體不但容易移至他方棄屍，也有模糊死者身分等一舉數得。」

「誰能夠這樣在松本製藥廠內來去自如、翻雲覆雨地行使這些勾當？看來我又要去監獄探視戴坤勤。當時我懷疑他的自白，說什麼許淑芬毀了他的一生。搞不好許淑芬看見戴坤勤在『處理』唐祥清的屍體，因此招來殺身之禍。這麼說來，戴坤勤很可能就是兇手，他曾經在松本製藥廠工作多年，如果精心策畫，並不困難。」

「知易行難，如果沒有『內鬼』幫忙，很難行得通。」

陳皓從腦部記憶庫中尋找名單，想到韶華，一陣排斥感滑過心頭。

「哇！天快亮了。」葉威廉看看窗外，說：「徹夜未眠，我要去睡了！你呢？」

「我精神挺好，先在你這裡整理這些討論心得。以便等會兒回局裡，好跟宋組長報告，建議檢察官立案查辦。」

葉威廉讓陳皓獨自留在餐桌整理筆記，自己一個人入房睡覺。當他閉上雙眼，為了不讓命案、謀殺、兇手等情緒影響自己的睡眠，盡可能回想荷蘭的風車、木屐、乳酪、穿著傳統服飾的村姑，還有當年在荷蘭菲仕蘭省工作的時光。

自從唐祥清的骨骸被發現，由於外觀異常，陳皓經過葉威廉的間接提示和直接協助，最終了解到那是一宗發生在五年前的謀殺案，並且和藥廠女工許淑芬命案有密不可分的關聯。於是緊鑼密鼓地展開調查，陳皓本來計畫擒賊先擒王地找戴坤勤談，但是葉威廉建議他先到台中監獄偵訊黑卒仔，釐清一些疑點。

黑卒仔看起來狀況很好，對於陳皓一個接著一個的問題，冷靜地回答。

對於欠錢不還、總是要無賴的李福發，黑卒仔早有殺機，然而卻無機可乘。由於他是運奶車司機，因此和連城食品廠的幾個員工很熟。戴坤勤和他雖然沒有工作交集，但是身居高階主管的他主動接近他，黑卒仔感到受寵若驚。幾次私聊和彼此試探之後，戴坤勤鬆口說出付款委託黑卒仔「運屍」。曾經混過幫派的黑卒仔立即答應，同時以交換條件，要求戴坤勤要幫忙「棄屍」。

首先黑卒仔幹掉李福發，然後由戴坤勤連夜運到中壢工業區的小樹林棄屍。這麼一來，讓李福坤的死亡期間，黑卒仔有了明確的不在場證明。

隔天，黑卒仔照常運奶。因為前夜殺人，生奶前置作業沒做好，於是出現了品質問題，延誤了一些時間。他依照戴坤勤的指示將車子停在唐祥清辦公室的窗口，把裝奶的「奶櫃口」打開。協助戴坤勤將唐祥清的屍體從二樓窗口丟入運奶車內，蓋上圓蓋，開車走人。黑卒仔特別說明：運奶車的「奶櫃口」朝著上方，上面有個可以開啟的大圓蓋。主要是當牛奶全部流出之後，可以讓司機跳進裡面清洗。另外，開啟的大圓蓋也可以擋住過路人的視線，至於車頭面向牆壁，車尾則以黑卒仔的身體擋住。面面俱到，所以沒有被人發現。

離開連城食品廠，黑卒仔將運奶車開往松本製藥廠後方的小樹林等待戴坤勤。沒想到原本說好的李福發的屍體竟然不翼而飛。無計可施之下，等到戴坤勤來了，兩人只好趕緊「處理」唐祥清的屍體。

陳皓看過調查報告，原來被黑卒子誤以為死亡的李福發只是重傷昏迷。醒來之後，企圖逃離，但是終究體力不支，還沒離開小樹林就氣絕身亡。李福發倒地之處還算隱密，因此直到警方大規模搜尋，才被發現。

至於為何選擇將李福發棄屍於中壢工業區週邊的小樹林？黑仔的解釋是為了配合戴坤勤第二天必須謀殺唐祥清的行動，同時方便自己接手。黑卒仔被逮捕，因為拿了戴坤勤的錢，所以守口如瓶。至於戴坤勤是否殺了唐祥清，他表示並不知情，因為他只是幫忙棄屍。陳皓取得黑卒仔的口供，接著回到桃園監獄，繼續偵訊戴坤勤。

面無表情的戴坤勤看起來身心不佳，對於面前這位將自己逮捕歸案的帥哥陳皓，以表情、眼神和手勢展現出真誠和合作的態度。陳皓才說了幾句話，如同五年前落網，他即刻承認殺死許淑芬般不假思索地立刻承認自己殺死了唐祥清。

唐祥清死亡的半年前，戴坤勤知道了一件令他既驚恐又傷心的事實。原來戴坤勤在松本製藥廠任職時，為了自身利益，當了唐祥清的走狗，私下替他做了一些實驗。由於唐祥清給他的樣品都是以數字和英文字母代號，所以他也不知道是什麼藥品。直到有一天，唐祥清忽然被革職。

原來，唐祥清偷偷在外面幫地下工廠製造偽藥。當戴坤勤知道那些偽藥包括知名的兒童保健藥錠時，心中已經明白自己的寶貝兒子的死因。由於唐祥清沒有受到法律的制裁，於是開始了「復仇」的計畫，然後按部就班、逐步實行。

第一個步驟，戴坤勤離開松本製藥廠，進入連城食品廠，以便接近唐祥清。不知道是內疚，還是想要再利用戴坤勤，唐祥清立刻給予錄取，並附加高職位、高薪資。第二個步驟，戴坤勤尋找合適的人選合作，最後選定黑卒仔。

第三個步驟最驚險、也最刺激。戴坤勤在計畫好的日期和時間，偷偷進入唐祥清的辦公室，把毒藥放在桌上，並躲入書櫃後面。只是當他確定唐祥清已經死亡，正要搬運時，有人敲門。原來是姜助理，於是趕緊躲起來。姜助理出去討救兵時，戴坤勤便把唐祥清的屍體從二樓的窗戶丟出去，然後又躲起來。等到一群人衝進辦公室，他才趁亂出現，彷彿也是剛剛才進來看熱鬧。

接著下來，戴坤勤騎上摩托車到和黑卒仔約定的地方，也就是在中壢工業區的小樹林。黑卒仔已經將運奶車內的唐祥清換到一輛貼著「醫藥品廢棄物回收處理」的車子裡面。他對於李福發屍體不在樹林裡，愛莫能助。兩人分開之前，對天發誓，各人做事各人擔，對方的所作所為，都是過眼雲煙。

戴坤勤駕駛那輛貼著「醫藥品廢棄物回收處理」的車子，名正言順地進入松本製藥廠。他熟悉「醫藥品廢棄物回收處理」程序，並知道該處絕對不會有人。他先將唐祥清的屍體暫時藏匿在松本製藥廠中的「醫藥品廢棄物」管制區。直到晚上，戴坤勤再次假扮松本製藥場員工偷偷進來處理屍體。然而當屍體被搬出來時，非常不巧地被許淑芬發現。

戴坤勤萬萬沒想到嚴禁閒人靠近「醫藥品廢棄物」管制區，竟然有人會突然出現，而且還是曾經陷害過自己的許淑芬。她不是應該在宿舍或回家了嗎？但是為什麼會出人意料地在幾乎是無人來往的倉庫和「醫藥品廢棄物」管制區散步？

戴坤勤趕緊躲起來，留下唐祥清的屍體與許淑芬遙遙相對。面對這個狀況，當下兩個念頭迅速從他的腦海滑過。逃之夭夭？或殺人滅口？就要選擇後者時，許淑芬好像視若無睹地走開。戴坤勤不做他想，趕緊按照計畫把屍體塞入放置角落的高壓高溫滅菌釜裡。

接下來幾天，許淑芬開始喃喃自語、說自己殺害唐祥清等無人相信的鬼話。開始幾天還好。但是當她常常跑去跑去倉庫旁邊發呆。以上消息傳到戴坤勤耳中，從心神不寧轉向萌生殺意。為了一勞永逸，決定殺了她。殺人的過程和警方調查的方向，大同小異。偷了過大的無菌衣，不正確的穿戴方式，所以讓毛髮掉下來。為了貪圖方便，用了自己常用的手套，卻又因為沾了乳酸菌，汙染了落下菌測試培養基，於是留下殺人的線索。

戴坤勤年輕時，真的被許淑芬搞過仙人跳，甚至差一點失去性命，於是就利用那段過去當作殺人動機，遮掩自己殺死唐祥清的罪行。

「對於許淑芬，我很抱歉。我已經坦承殺死許淑芬，這完全是個意外，也是我自己一個人的作為，與他人無關。」

陳皓聽完戴坤勤的自白，更多的疑問一個一個跑出來。

當年警方大破製造偽藥工廠時，唐祥清並沒有被捲入。事隔多年，戴坤勤如何知曉？有人告之？是誰？還是他自己收集資料得知？取得資料的途徑如何？那些資料如今在哪裡？戴坤勤無法給出一個明確的答案。

戴坤勤以藥物毒死唐祥清，宣稱向不明人士購買，也不知道藥物名稱或成分。身為藥師的戴坤勤是否太草率？戴坤勤還在松本製藥廠工作時，曾經私下做些實驗，難道和毒害唐祥清的藥物有關？

還有，殺了唐祥清之後，不是可以利用運奶車直接帶走，為什麼要藏在松本製藥的「醫藥品廢棄物」管制區呢？那台被放置在角落的高壓高溫滅菌釜是事先安排的嗎？戴坤勤後來連續的「毀屍」行動是否有人協助？被塞入高壓高溫滅菌釜裡的屍體，最後怎麼會被埋在南崁溪附近？

戴坤勤只能說到他在松本製藥廠裡面「棄屍」，然後因為被許淑芬發現，唯恐東窗事發，而後動手殺人。再下去的事情，就一問三不知。

陳皓對於戴坤勤的說詞，認為有諸多邏輯不通和交代不清的地方。但是案情過於複雜，會客時間有限，又顧慮戴坤勤精神似乎不勝負荷。如果繼續問下去，反而適得其反，於是結束面談，擇日再來。

千頭萬緒的陳皓離開桃園監獄，一時之間不知道往哪裡去。依照慣例，他都會打個電話給葉威廉，把所遇到難題說出來，聆聽對方的分析、推理，然後自己規劃好行動，再請示上級。可是，葉威廉前幾天接了一個工作，到哈爾濱和俄國人一起規劃蓋工廠，所以除了寫信請教，其他只能自立自強。

陳皓回想，當時他和葉威廉分析推理戴坤勤為何能夠松本製藥廠內來去自如、翻雲覆雨地行使這那些駭人聽聞的犯罪行為。葉威廉說了一句話：「知易行難，如果沒有內鬼幫忙，很難行得通。當時腦部記憶庫中曾經浮現韶華。」

不錯！她的確有這個可能。她曾經為松本製藥廠的鬧鬼和鬧小偷的事件做出完美的解釋。她是不是已經知道鬧鬼的高壓高溫滅菌釜裡面裝著唐祥清的屍體，而那個小偷其實就是戴坤勤？陳皓在如麻似蓬的往日案情中清枝理葉，好不容易順藤摸出兩顆瓜，他隨機挑出其中一顆。這一顆是陳皪大力推薦，品質保證，又香又甜。

陳皓刻意安排在下班時刻，假裝偶然在中壢工業區的吉林路口遇見阿重。

阿重本來以為是遇見某個偶像明星，後來發現對方是警察，而且是要談多年前的唐祥清命案，興奮得不得了，立刻跟著陳皓到啟英高中附近的一家冰果店。

阿重給人的第一印象，古靈精怪，雖然三十好幾了，可是那張臉和髮型給人感覺像是旺旺仙貝的卡通人物。他點了波霸奶茶，陳皓點了燒仙草，話題就慢慢展開。

「所以你們確定唐祥清是被謀殺？」

「是的。」陳皓將尚未公告的細節告訴了阿重。

戴坤勤毒殺唐祥清之後，把屍體放在高壓高溫滅菌釜處理，骨骸嚴重變形。並且在多年後被一群考古系學生發現。身分確定後，經過一番抽絲剝繭，陳年舊案開始露出一線曙光。阿重對於兇手是戴坤勤不以為然，果然不愧是個推理小說迷，陳皪提名的第一人選，提出的疑問和自己的想法大同小異。

「至於運屍過程，拜你所賜才被解謎。」

阿重對於陳皓的感謝，自然不知道其中緣由，問：「怎說？」

「你還記得黑卒仔嗎？當時警方對於李福發的死亡時間百思不解時，你不是在你們實驗室發表：你認為死者李福發是被黑卒仔藏在運奶車內嗎？事實當然不是那樣。我怎麼會知道？我的弟弟陳皪在連城食品廠當代理廠長，他的辦公室就在你們的實驗室旁邊，你們所說的話多多少少傳到他的耳中。後來被我一個偵探朋友以此類推，猜測唐祥清被黑卒仔藏在運奶車內，從連城食品廠偷偷運到松本製藥廠。這個推論已經被黑卒仔本人證實。」

「那你找我，是要我參加辦案嗎？」阿重摩拳擦掌，兩眼閃閃發光。

「可以這麼說！我弟弟說，你曾經私下列出嫌疑犯，好像叫做『彩虹煙火』。可以把那份名單給我嗎？」

「當然可以。其實這幾年來，我一直都沒有忘記那宗奇怪的案子。當時我的第一直覺唐祥清是被謀殺，但是大家並不相信。我也不敢再亂說，但是三不五時還是會回想，甚至想出一些當時沒有想到的想法。」

阿重說的都是些八卦消息，不過依然值得參考，同時也讓陳皓想起陳皪說過的一些話。如果屬實，算得上強烈的殺人動機。

「太好了！」

「那我現在就回家整理，盡快給你名單。」

「感謝、感謝。」

陳皓等阿重離開之後，又點了一盤「黑糖剉冰」，把冰櫃中的配料各點了一大份，多到盤子幾乎裝不下。當他端回自己的桌子，大口大口地吃起來，不知何時旁邊坐滿了剛放學的女學生，望著他嘰嘰喳喳地又說又笑。

另一顆瓜就是曾經被警方列為殺害許淑芬嫌疑犯之一的宣修文。

多年不見的宣修文外表一如往昔壯碩，只是更多了些沉穩，暴牙也不如往常突出，如今已經高升為松本製藥廠的生產部經理。他一聽到唐祥清被戴坤勤毒殺，不表意見。聽到被毒殺後，到多年後屍骨被發現的整個過程，他覺得不可能。

陳皓見到宣修文胸有成竹的樣子，似乎洞悉自己要來找他談話的目的。事緩則圓，慢慢來吧！於是秀出高壓高溫滅菌釜的照片，同時提出曾經發生鬧鬼和小偷的事件，以及李韶華出面說明的往事。

「依照李課長的解釋，高壓高溫滅菌釜滅菌效果不佳，但是無法在實驗室裡測試，所以拿到外面，請夜班的技術人員測試。可是查看當天工作人員的日誌和相對紀錄，好像沒有在夜間測試高壓高溫滅菌釜，甚至沒有測試的技術人員名單。不知道你看法如何？」

「事隔多年，我記不太清楚。」

「誠如你所說的，戴坤勤不可能是兇手。我猜想你的理由是因為他不可能獨自一人在松本製藥廠內為所欲為地運屍藏屍、毀屍棄屍。除非有人暗中幫助，而且此人職位甚高。我們暫時不談這個早晚會有答案問題，我找你的目的，主要是確定照片中的高壓高溫滅菌釜是不是『處理』唐祥清屍體的那一台。」

「微生物實驗室必須大量使用淨潔無菌的器具和培養基，因此都必須仰賴高壓滅菌釜來達成。同理而言，為了環保因素和避免細菌造成再次汙染，實驗之後的種種用品也必須仰賴高壓滅菌釜。這台高壓高溫滅菌釜屬於後者，通常是用了多年，溫度和壓力越來越不精準，因此故障會常常發生。至於在夜間測試高壓高溫滅菌釜，尤其搬運到遠離實驗室的地方，真的很奇怪。至於沒有測試報告或技術人員的簽名紀錄，因為測試算是小事，所以疏忽了也沒什麼大關係。不過被你這麼一提起，我倒是想起了一件事。」

「請說。」

「我記得這台高壓高溫滅菌釜被搬回實驗室後，屢次發生排水困難，經過仔細檢查，發現排水口塞了一撮毛髮。我們滅菌的物品範圍有限，所以不可能在出水口發現毛髮。當時並不在意，你現在提起，我才想起來。」

「那台高壓高溫滅菌釜還在使用嗎？」

陳皓看到宣修文點頭，雖然心中已有答案，但是有了證物和證詞，可以申請搜索票。雖然事隔多年，鑑識課應該還可以找出一些唐祥清的「遺物」吧！

「所以不管誰是兇手，能夠獨自一人在松本製藥廠內為所欲為地運屍藏屍、毀屍棄屍，又有人暗中幫助，而且此人職位甚高。你認為誰最有可能？」陳皓重複剛才的問題，同時對人不對事。

宣修文經過思考，毅然決然地回答：「如果硬要我說，可能就是李課長。」

「李課長？李韶華？」

「是的！當時我的無菌衣不見了，我認定是被殺害許淑芬的兇手所偷。可是李課長卻支吾其詞，硬是被我逼得不得不報案。另外，我還聽說李課長的哥哥被人撞死，駕車逃逸的人就是唐祥清。」

陳皓壓抑不住內心的訝異，提高聲音，問：「真的嗎？」

「我也是道聽途說，這要麻煩你們自己去調查。」

「好。還有別人嗎？」

「唐祥清樹敵甚多，不過都是些公事上，或私人恩怨，夠不上殺人洩恨的程度。」

「了解。那你知道唐祥清曾經加入地下工廠製造偽藥嗎？」

「那件偽藥事件鬧得很大，在我們製藥界流傳很久，可是沒聽過他有介入。」

「可是，他不是被松本製藥廠開除嗎？」

「他那麼囂張，怎會不出事？挺他的日本人一回國，他就沒戲唱了。」

兩人陸續再談了半小時，宣修文表示必須先走，留下陳皓一個人。剛才整段訪談，加諸於陳皓最大衝擊的，莫過於那一句：「我聽說李課長的哥哥被人撞死，駕車逃逸的人就是唐祥清。」

陳皓記得那一天，還在中央警官學校念書的他，接到韶中父親的電話，告訴他韶中車禍的不幸消息，還有肇事者逃逸無蹤。

李韶中是陳皓見過最美好的青年之一，從他的身上看到善良、進取、不自私等許多美德。他們是國中同學，雖然後來兩人求學之路不同，可兩人友情不變。韶中友愛同學、尊敬師長、孝順父母，對於唯一的妹妹更是百般疼惜。這樣的年輕人怎會落得這樣下場，所有親朋好友都認為老天爺真是瞎了眼。

如果生命是一條河流，李韶中是一條很深很寬的河流，所經之處灌溉了兩岸的花草樹木、滋潤了輪迴的四季……可惜太短了，太短了！

然而面對好友的妹妹，也幾乎等同自己妹妹的韶華涉案，陳皓覺得有必要加緊腳步，盡速還原真相。

第十五章　來自哈爾濱的一封信

一九九五年八月

陳皓：

你一定很驚訝我為什麼會寫信給你。認識我的人都知道我不喜歡寫信，因為長期從事「寫字」，寫得肩頸僵硬、手掌手指時常會抽痛。如果可以不寫，就儘量不寫。目前承辦的工作牽涉軍事國防，不方便使用電話和電訊與業務上不相關的人通聯。然而想到你為「唐祥清的死亡之謎」而苦惱不已，雖然嘴上不說，我豈可坐視不管。這封信已經通過單位安全審核，所以毫無疑問地會寄送到你的手中。

有關唐祥清是否和偽藥有關？戴坤勤行兇時為何沒有一走了之，反而冒險將屍體從二樓的窗戶丟下去？還有如何能夠在管制嚴苛的松本製藥廠內來去自如地「處理屍體」、甚至引發後來將目擊者「滅口」？我想假如能夠先從確定毒死唐祥清的藥物，其它的種種謎團必然迎刃而解。

你還記得我多年前跟你說過的那個名叫「山慕斯」的老外嗎？那個很會說故事，然後把故事賣給作家或出版社的老外。後來我們又在台北街頭相遇。我盡地主之誼請他到附近的居酒屋喝酒，果然不出我所料，當他啜了一口的酒，戲劇性地睜著一雙碧汪汪的眼睛，情閒氣定地開始說故事。我覺得值得供你參考。以下是他說給我聽的故事：

二十八歲的那一年，公司派山慕思去阿富汗。二十八歲，多麼意氣風發的青春年代。當他提起「阿富汗」這三個字。於是，沙漠、駱駝、銀色的新月……霎然浮上了我的眼膜。至於他的二十八歲，我無動於衷。

某一天，山慕思走在平鋪著水泥板的街道。充滿聲音和氣味的奇沙卡瓦尼市集，一如常日般髒亂，陽光好像無數隻金頭蒼蠅在其間飛舞。從一大群披掛著地毯、沿街兜售的流動攤販中，靈巧地鑽出一個戴著小圓帽的中年人。如果不是那件昨天才看過的藍襯衫，還以為他也是土庫曼的難民，因為他們看起來幾乎都和從同一鍋的「科瑪」中撈出來的相似。

我問：「什麼叫『科瑪』？」

「當地的一種食物，一種看起來很可怕，吃起來卻美味無比的食物。」

「喔……」我做了個要他繼續講下去的手勢。

「那個中年人叫法森克，努里土坦人，是個無所不知的包打聽先生。年輕的時候，曾經在美軍基地做過事，能夠說一口流利的德州英文。我約他出來，是要談有關畫家穆爾斯欽的故事，因為我們公司想請他畫幾張卡車的廣告畫。」

我聽到這裡，環視牆壁上的畫飾。

「讓我先簡單介紹他的背景。畫家穆爾斯欽原來住在喀布爾，因戰亂之故而逃離家鄉。目前居住在巴基斯坦的白夏瓦。在一九七八年四月發生政變，奉馬克斯主義為中心思想的軍事領袖在喀布爾奪得政權，卻又引發了驚動國際的十萬蘇俄大軍，鐵蹄入侵阿富汗的慘劇。當時，畫家穆爾斯欽就是聖戰士，也就是回教自由鬥士，四處鼓吹反蘇思想。所以政府和蘇俄當局視他為眼中釘，聽說還動員KGB去暗殺他，可是都沒有成功。最後畫家經由朋友幫忙，越過開伯爾山口，逃到巴基斯坦了。」

我看到他的酒杯空了，自動為他再叫一杯。

「原歸正傳，法森克拿了幾張畫稿給我篩選，其中的一張少女像，美得簡直就像回教神話中的馬身美女——巴拉克。說也奇怪，當時的我，完完全全地被畫中人征服。法森克表示畫中少女是以畫家穆爾斯欽的妻妾之一為模特兒。善於察顏觀色的他一下子就猜出我心裡在想什麼，就偷偷地向我獻計。因為我本身也是個賭徒，便決定豁出去。畫家穆爾斯欽舉行了個酒會，所有的妻妾皆穿著傳統的衣飾穿梭其間……」

我不加思索地為他接龍下去：「如果你能夠指認出那個模特兒，他就把她送給你，是不是這樣呢？結果你沒認出來，傷心回國，從此過著酗酒的日子。」

山慕思張口咋舌地看著我，聽著我說。

「其實故事的安排不這麼單純。你在看見畫家之前，就和那個美麗的模特兒幽會多次，本來你們計畫私奔，可是又怕難逃畫家的掌握，於是你故意接近畫家，並且和他打賭，只要你能一眼認出那群黑衣蒙面女郎中，誰是那個美麗的模特兒，就要將她送給你，否則你要賠掉一輛名貴的車子。」

我又點了兩杯酒，自己喝了一杯，山慕思喝了一杯。還好，還好山慕思只喝平價的日本酒，也沒加點下酒菜，所以還好。

山慕思先生期期艾艾地說：「你看過那本小說？」

我假裝沒聽見地繼續說：「結果你輸了，因為模特兒手上的戒指，也就是你送給她做為定情信物的戒指，被另一名畫家的妻妾偷走，而戴在自己的手指上。並且因此而透露出姦情，憤怒的畫家把你丟在茫茫無際的沙漠裡。」

山慕思先生的臉色宛若一顆熟透的番茄，我狡黠地說：「那一本小說是不是《魂斷喀布爾》？喔！那是一本銷路不錯的類型小說。出版社曾經要我翻譯，後來某些原因而作罷。」

「那個買了我小說大綱的作家，自行改寫，實際上並非如此。你要不要聽我的版本？」

這個時候，有個彈著吉他的小姑娘走到我們身邊。我點了林慧萍的〈情難枕〉，山慕思想聽〈卡薩布蘭加〉。小姑娘不會英文，所以唱了日文版的〈哀愁的卡薩布蘭加〉。

於是，本來被我噓聲噓下台的山慕思，在幽怨的歌聲中，重新拉開故事的序幕。

當我走在平鋪著水泥板的街道上，遇見一個戴著小圓帽的中年男子。

他的名字叫做法森克，是擁有五輛卡車的貨運商，我知道他是個有趣的傢伙，年輕時曾經在美軍基地做過事，說一口流利的德州英語。他最愛講他參加聖戰以及逃難的往事，有時候我錯以為他是來自好萊塢的編劇。

「Hi, Guy! Are you alone?」他向我微笑致意，潔白整齊的牙齒在明朗的陽光下燦燦然地展現。我猜想也許是含沙的風將沙漠民族的牙齒磨得又白又亮吧！令我這個一嘴爛牙的人欣羨不已呢！說真的，我滿喜歡此時有個人作伴，尤其是能用英語溝通的人。戰爭引起難民遠走他鄉，因此造成語言的紛擾，有時我剛學了幾句日常會話，很可能是巴夏多語和達利語的混合，所以根本就不管用。

「我正要去請畫家穆爾斯欽替我的卡車畫畫，你願不願意和我一道去呢？山慕思先生。」

卡車買主，不管是車行老闆或自家營業的司機，通常會將一個大木箱把沒有車體的卡車裝起來，再置入一輛大推車上。但是對於喜愛花花綠綠的阿富汗人，平淡無奇的木箱，似乎缺少了個人色彩，而且看起來也極其乏味，就像一盤沒有加調味料的濃湯，因此司機老大就會為它添上許多顏色和風味。例如：在保險桿上掛了串串彩鍊，在推車上裝飾了許多流蘇，彷彿是披在駱駝上的毛毯，並且還懸掛了鏡子，以便驅魔；而迎風搖曳的各色旗幟，則是向「阿拉」祈求護佑。然而最主要的，還是要聘請畫家在金屬板上作畫，然後覆蓋在卡車旁，以免壞天氣損傷了心愛的車子。

「好啊！反正我也無事可做。不過，不要再講你的英雄事蹟了。」

我們經過了幾處紅土築成的矮屋，灰白的清真寺在鐵欄杆中顯得很蒼老。不知道是不是我眼花了，那圓頂似乎裂了好長一條痕。

遠聽駝鈴的呼喚，小溪在谷底哭泣。

愛人哪！妳在哪裡？妳在哪裡？

沒有了妳，我的生命如何繼續。

歌聲在晴朗的天空下飄揚……我們最後來到一個充滿波斯風情的花園和白石樓前，我不是園藝家，認不出那些美麗的花朵，只知道高高的蘆葦，以及點綴其間的金盞菊。法森克告訴我，畫家穆爾斯欽在阿富汗的地位很高，收入更是多得令人眼紅。所以他能夠享受到一般人無法想像的錦衣美食，還有嬌妻美妾。

記得幾天前，我和公司的幾名工程師開著小巴士，奔馳在佈滿了立體道路交叉口、天橋、地下道的高速公路上，首先看到了伊麗莎白・泰勒的畫像，正是煙視媚行的埃及豔后。緊接下來，我們的旅途就頗不寂寞了，因為一幅又一幅的卡車繪畫，不斷地呈現在我們眼前，整條高速公路幾乎就是包羅萬象的畫廊了。

就在我東張西望的時刻，一名胸前掛著眼鏡、頭部纏著白巾的男子很傲慢地走出來。法森克偷偷告訴我，這個人就是畫家穆爾斯欽的管家，由於他的面部輪廓粗獷深刻，看起來像是努里土坦人。

法森克向他說明來意後，他也不請我們入屋，再度把大門關上，彷彿要我們多花些時間，去觀賞園丁精心經營出來的美麗花園。

在這個懶洋洋的國度裡，時間似乎很不值錢。法森克毫不在意地抽著菸，告訴我這位名畫家的軼事。穆爾斯欽是塔吉克人，是潘尼雪山谷某部落的酋長之子，才華出眾。因為一腔熱血，參與聖戰。這幾年來雙方都厭倦了打打殺殺的烽火生涯，退役的畫家就選擇了歸隱山林。沒想到重拾畫筆之後，反而名利雙收。

然而當我親眼看見畫家穆爾斯欽之後，不覺為他難過起來。因為他是一個什麼都不缺，只缺健康的人。從他白紙般的瘦臉，還有手摀著肚子走路的樣子，我判斷他得了非常嚴重的疾病。

當他們用我聽不懂的方言在討價還價時，我正喝著略帶焦味的阿拉伯咖啡，吃著以羊油和麵粉做成的甜餅。眼睛則在壁上流動，因為那裡展覽著畫家的作品。忽然有個蒙面女子無聲無息地出現，她拿著一個非常精緻的小盒子，走到畫家穆爾斯欽的身邊，呢呢噥噥地不知說些什麼。

我注意到畫家隨機從小盒子倒出一粒珍珠。

「畫家的養生祕方之中，需要加入珍珠。但是珍珠在阿富汗是極為昂貴，所以必須由畫家自己購買、自己添加。他等一下會當眾把珍珠放入電動磨粉機之中，這也算是炫富。」法森克低聲對我說：「畫家名利雙收之後，就失去了健康。他非常相信中國的醫術，所以總是服用某個神祕人物的養生祕方。」

「某個神祕人物？」

「由於畫家的過去，很可能現在還有人想暗殺他。」法森克一面說，一面揮舞雙手。手上許多五彩繽紛的戒指，看得我眼花撩亂，其中有粒小小的好像是水晶或是琉璃的戒指。

「可是，他怎麼還活得好好的呢？」我覺得自己用詞違背常理，但是提出這個問題，乃是他們的戒備未免太鬆弛了，連我這個陌生的異類，都可以堂而皇之地來去自如。

「我懂你的意思。」法森克撇撇嘴，說：「畫家是個見過大風大浪大場面的人，怎麼會怕死呢？只是對方不想讓他痛痛快快地一死百了。」

「他們想凌遲他？」

「對方信奉的宗教，不准他們殺人。」

「可是，對方可以派出刺客挖掉他的雙眼、或是割斷他的腳筋，讓他半死不活。」

「畫家的信仰和對方是相同，不可以殺人，也不容許自殺。但是如果是被敵人殘害成半死不活的廢人，是可以自我了斷。所以對方唯一的辦法就是神不知、鬼不覺地、緩慢而自然地奪走他的生命。」

我當然不敢問，目前畫家穆爾斯欽的病況難道不是因為敵人已經下手了嗎？只能隱隱約約地說：「所以畫家的私人醫師就不能曝光，免得被人收買，或是被迫對畫家下毒，尤其是慢性且死得很痛苦的毒。」

「沒錯。」

畫家把珍珠放入一個乳白色的鉢中。插上電後，鉢上的杵就慢慢降下來，然後迴轉式地研磨起來。恭立在一旁的侍妾呈上一包紙袋，畫家撕開後，將裡面的白色粉末分成兩半。親手將其中一半和未開封的礦泉水，命令侍妾當場服用。侍妾視死如歸的神情和規律單調的研磨聲，我彷彿置身在一場既神聖、又荒謬的獻祭儀式之中。

司空見慣的法森克說：「磨好的珍珠粉，再和另一半藥粉混合。這些動作都是畫家親手親為。」

我說：「你和畫家很熟嗎？知道得這麼清楚。」

法森克說：「我們不但是商業上的親密伙伴，私底下也是無話不談的好朋友。」

畫家發覺我們竊竊私語，似乎才發現我的存在，於是禮貌性地微微一笑。

法森克向畫家說了幾句話，後者便起身向我走來，然後做個「請」的手勢，我不知所云地跟著他走，直到掛著圖畫的牆壁前，我才恍然大悟。一定是法克森對他說我喜歡他的作品。

我看一眼法森克，他正在看珍珠被磨成粉的情形，我不瞭解那有什麼好看。果然沒什麼好看，他一下子又轉過來，加入我們的行列。

他們又嘰嘰呱呱地談了一些話，法森克就表示要告辭。離開畫家的屋子時，法森克向方才替我們開門的傭人揮手告別。我注意到他左手中指的小戒只剩下空白的戒台，也就是說，鑲在上面的水晶或琉璃掉落了。我沒有提起，因為我認為那些看起來眩耀奪目的寶石，其實都是假貨。我們又到市集上去逛逛，喝了幾杯酒之後就分手。

沒想到第二天，畫家穆爾斯欽的管家約我密談，因為我有謀害畫家穆爾斯欽的嫌疑。法森克同來，一方面是當翻譯，一方面他也算是當事人。事情發生經過大略如下：

畫家服藥之後，開始肚子痛。痛到滿地打滾，於是立刻送醫就診。打了止痛針之後，留院觀察。大家開始懷疑那帖養生祕方出了問題，可是先前「試藥」的侍妾身體並無異狀。所以會不會是後來添加的那顆珍珠出了問題？小盒子剩下來的珍珠看起來天然完好，何況當時是畫家隨機挑選。未開封的礦泉水自然不會被懷疑是否被下毒。

山慕思講到這裡，突然停頓下來，若有所思地望著又空了的杯子。當我建議再點一杯，他搖頭婉拒。不論這是虛構的故事，或是確有其事，然而畢竟已經是過去式，何況本人正好端端地坐在眼前。當我正要發問：畫家送醫就診，到底查出什麼病因？山慕思再次開口。

「當天只有我和法森克見過畫家，所以箭頭就指向我們。不談證據，只要將我們兩人比較一下，我的嫌疑成分至少高出五成。」

「他會不會利用調虎離山計，假裝說你對畫有興趣，讓畫家帶你去看畫，然後偷偷把毒藥放入珍珠粉中。」我看時間差不多了，乾脆直說：「法森克把那個東西藏在戒指中。你不是曾說他的戒指上面的水晶或是琉璃掉落了嗎？」

「你的意思是說，法森克把毒藥藏在戒指中。」

「我認為凶器就是那枚水晶或是琉璃本身。」

山慕思的眼睛閃爍出欽佩的光芒，不過他希望我的解釋能夠更詳細一點。

「據我推理，畫家的敵人從很久以前就開始進行這種陰謀，所以畫家才會得了嚴重的胃潰瘍。法森克利用要和畫家談作畫之事，進行『例行性』的謀殺。」

「不錯！聰明的葉先生。法森克趁人不注意，將戒指上的琉璃，偷偷丟下去和珍珠一起磨成粉。」

「依照你的形容，『戒指上的琉璃』小小的，但是不至於太小。以我的估計最小也有半片小指甲的份量。一個健康的人都會感覺它的威力，何況患有嚴重胃潰瘍的病人。」我笑著說：「你真的要這樣寫嗎？會有很多破綻喔！我寫過一篇小說，婦人利用磨細成粉的孟宗竹謀殺親夫的故事，似乎比較可行，我覺得你可以參考看看，只是整個故事要大幅度修改，有點可惜。」

山慕思不置可否，僅露出一絲微笑。

「假如我沒有猜錯，你現在醞釀的這本小說應該是《魂斷喀布爾》的續篇。好好再想一想，加油、加油！」

最後，你應該有想到殺害唐祥清的毒藥是什麼吧！如果想不出來，可以問問陳皪。只是破壞了他美好的青春情懷，讓我於心不忍。

祝你一切順利

葉威廉　敬上　八月十五日　哈爾濱

第十六章　人生不只中秋月

一九九五年九月

雖然中秋節已經過了一個禮拜，陳皓還是到內壢成功市場買了一盒六入裝月餅。另外多選了一個葉威廉最愛的「五仁」和自己最愛的「蛋黃烏豆沙」。為了凸顯月餅的價值，陳皓還刻意說：「當老闆找錢給我時，我還以為算錯了。」他趕緊解釋，「台式一個一百二，廣式一個一百五，我不小心買的是廣式。」

在哈爾濱度過中秋節，昨天才回台的葉威廉取出陳皓贈送的紫砂壺和龍井茶，以他中譯《日本茶道》和英譯、法譯、德譯《中國茶經》等相關書籍的經驗，執行多國式的功夫茶。

陳皓便開始說起唐祥清命案中最關鍵的「毒藥之謎」。

「我將你寫來的信，影印寄給陳皪看。他立刻猜出毒藥的名稱是『微矽』，英文Micron Silicon，是一種經過化學處理過的石英微粒。他說了一大堆我不清楚的原理，但是最重要的結果是如果長期服用之後，會引起嚴重慢性疾病。」

「山慕思說的是故事，別說實際上是行不通，情節既不合邏輯，謎團更是漏洞百出。畫家不會那麼傻，難道不會去就醫，或採取必要的醫療措施。好了，不說這些。『微矽』這玩意兒可能別有玄機，陳皪怎麼說？」

「我就話說從從頭吧！」難得陳皓這次很客氣，只喝茶不吃月餅，或許因為聊到破案經過，「話癮」遠比「食慾」來得強烈。

「唐太太和大學女生小米有不尋常的關係，當時陳皪就看出其中端倪。她的名字本來就列在阿重的「彩虹煙火」名單，只是空想無憑。表面上，唐太太的婚姻看起來完美無缺。依照她的說法，唐祥清為了得到她和她的財產，威脅她要嫁給他，否則要將兩女的關係公諸於世。當時的社會風氣非常保守，一旦曝光，她們將面對千夫所指而永無寧日，最後可能只有死路一條。於是表面屈服，實際上開始復仇的計畫。」

葉威廉補充說明：「我想唐太太研究出死亡配方之後，指示小米去材料研究所攻讀，致力於研究『微矽』，並取得實際樣品。她們請在松本製藥廠擔任動物實驗的戴坤勤協助，找出適當導致慢性治病的用量，還有最後可以導致死亡的關鍵之物。我記得你說過，唐祥清死前，曾經喝了什麼飲料？」

「奔馬鹼性提神飲料。」陳皓接著說：「她們本來想利用美人計引誘戴坤勤，所以唐太太介紹小米去接近戴坤勤，但是最終還是沒有成功，因為小米的『厭男症』太嚴重了。當時偽藥風波鬧得沸揚揚，戴坤勤的小孩也深受其害，沒多久竟然病死。因為無憑無據，求償無門。唐太太

『編造』唐祥清是製造偽藥犯之一，只因為有力人士護航，才逃過一劫，甚至連一點點邊都沒沾上。由於不必親手毒殺唐祥清，戴坤勤很爽地快答應幫忙處理『唐祥清死亡』後的後續動作。」

陳皓終於對月餅伸出魔掌……。

「當他們得知法國芬里露乳品公司要派人來稽核，認定時機到了。唐太太假裝關心唐祥清的健康，每天幫他準備一瓶鹼性提神飲料『奔馬』，這是戴坤勤從眾多市面上精選出來飲料。因為這種鹼性的配方會讓『微矽』產生化學作用，滲入血液之中，導致心臟衰竭而死。」陳皓又說：「我聽陳礫說：離開松本製藥到連城食品的唐祥清似乎改過自新，但是婚後故態萌發、甚至變本加厲，或許是『微矽』引起慢性中毒之故。另外，他們預估死亡時間是法國芬里露乳品公司稽核的那兩天，但是卻提早一天。」

「戴坤勤行兇時為何沒有一走了之，反而冒險將屍體被從二樓的窗戶丟下去？難道不怕有目擊者嗎？」葉威廉縱然是絕頂聰明，可是有些犯罪細節是無法理解。

「喔！這也是為什麼他們會選擇，法國芬里露乳品公司要派人查廠的時候下手的原因之一。工廠兵荒馬亂，大家都在忙自己的事情。另外運奶車的高度剛好到二樓窗戶，打開頂端「奶櫃口」的大圓蓋，恰好遮住了面對大路的視線。至於前後兩端，一端是工廠的死角，另一端是接應的黑卒仔，所以完全沒有被發現的疑慮。」

陳皓不吃則已、一吃驚人。轉瞬間月餅蕩然無存，於是葉威廉打開那盒六入裝月餅。

「至於屍體為什麼不直接運走，而塞入高壓高溫滅菌？因為……」

葉威廉笑著說：「因為要消除唐祥清被餵食『微矽』的證據，才會如此大費周章。如果屍體沒有經過處理，不論經過多久，『微矽』永遠存在體內，等於『證據』永遠存在體內。然而經過高壓高溫處理的屍體，因為骨骼嚴重變形，引起考古系學生的興趣，接二連三掀起神祕的面紗，終於解開了塵封多年的謎題。」

陳皓吃完「金華火腿」，又挑了一枚「棗泥核桃」，然後繼續說：「至於如何能夠在管制嚴苛的松本製藥廠內來去自如地『處理屍體』，根本不需要戴坤勤親自動手，因為有幕後人士的協助。所以鬧鬼其實就是內鬼，小偷就是內賊。」

「你好朋友的妹妹李課長也參與其中嗎？」

「是的。她出力不少，包括將高壓高溫滅菌釜事先安排放置在倉庫的角落。那個地方最靠近「醫藥品廢棄物」管制區，讓戴坤勤更容易把唐祥清的屍體放入高壓高溫滅菌釜。然後假借加班的理由在宿舍過夜，趁人不注意啟動高壓高溫滅菌釜。依照李課長的說法，因為出現鬧鬼和高壓高溫滅菌釜在半夜無緣無故自行啟動的傳言。她想了個辦法，假借實驗室人員的名義申請機器外修，於是被戴坤勤名正言順將高壓高溫滅菌釜和裡面的屍體一起運走。他在家中連續將唐祥清的屍體『蒸煮』成一鍋帶骨的肉泥，然後就近埋在南崁溪畔。」陳皓搖頭嘆息，說：「不過她也是被唐太太騙的！她像騙戴坤勤一樣地騙韶華，說唐祥清是開車撞死她哥哥的兇手。單純的韶華沒有深入調查，便信以為真，願意加入殺人行動。」

「單憑她一個人的力量，應該不夠吧？」

「你說對了，還有副廠長施美凝也有加入。她和唐祥清之間的冤仇，罄竹難書啊！可能局外人也不知道。人算不如天算，其中的最大敗筆就是許淑芬加班的那一晚上，她從『特殊產品準備室』的『氣閘室窗口』，看到『醫藥品廢棄物』管制區有一條奇怪的人影，於是鼓起膽量往前一窺究竟，恰好看見唐祥清的屍體。那時候，她證實了自己果然用符咒害死唐祥清。」

「唉！她真是個可憐的女子。」葉威廉深深嘆了一口氣。

「是啊！」陳皓亦具同感，說：「許淑芬離開松本製藥廠，聽從唐祥清而墮胎，卻被無情拋棄。後來到底是環境所逼，還是被男友鷹仔誘使而當了暗操淫業的陪唱女郎，還涉及仙人跳。好不容易找到幸福，新郎卻在婚宴上被殺而導致精神失常。最後因往日好友的伸出援手，生活慢慢納入正軌，卻又因為無意中看見一宗完全沒有關聯的命案而被滅口奪魂。我算一算，不到三年的時間，發生了這麼多事情，真是太悲慘了！」

陳皓把「棗泥核桃」處理完畢，然後起身告別。葉威廉送客送到門外，舉頭望見東山升起一片皎潔的下弦月，些許的秋懷卻上心頭。

童年因為月餅喜歡中秋月，少年因為詩詞喜歡中秋月，青年因為親情喜歡中秋月。不論何種情懷，葉威廉總是喜歡中秋月。若是那年中秋看不見團圓明亮的月亮，便會感懷人生的缺憾和無奈。

曾幾何時，因為時光滄桑，只因或無心、或刻意去遺忘一些人、一些事，因此逐漸失去了中秋賞月的雅興。可有可無、隨心所致，有緣無情也好、有情無緣更是無所謂。

莫論楚楚可人的春之柳梢月、千嬌百媚的夏之雲中月、還是冰天雪地中孤寂的寒月，都是千年不變的美麗、夜復一夜的情緣。所以在葉威廉恬淡的人生，只因人間的有情和紅塵有愛，圓滿無缺的便不只是中秋月了。

要推理114　PG3012

要有光
FIAT LUX

塵封之謎 The Dusty Puzzles

作　　者　　葉　桑
責任編輯　　陳彥儒
圖文排版　　許絜瑀
封面設計　　王嵩賀

出版策劃　　要有光
發 行 人　　宋政坤
法律顧問　　毛國樑　律師
印製發行　　秀威資訊科技股份有限公司
114台北市內湖區瑞光路76巷65號1樓
電話：+886-2-2796-3638　傳真：+886-2-2796-1377
http://www.showwe.com.tw
劃撥帳號　　19563868　戶名：秀威資訊科技股份有限公司
讀者服務信箱：service@showwe.com.tw
展售門市　　國家書店（松江門市）
104台北市中山區松江路209號1樓
電話：+886-2-2518-0207　傳真：+886-2-2518-0778
網路訂購　　秀威網路書店：https://store.showwe.tw
國家網路書店：https://www.govbooks.com.tw
總 經 銷　　聯合發行股份有限公司
231新北市新店區寶橋路235巷6弄6號4F
電話：+886-2-2917-8022　傳真：+886-2-2915-6275

出版日期　　2023年11月　BOD一版
定　　價　　280元

本書由桃園市立圖書館補助出版

讀者回函卡

Printed in Taiwan

國家圖書館出版品預行編目

塵封之謎 — The dusty puzzles / 葉桑著 -- 一版. --
臺北市 : 要有光, 2023. 11
面； 公分. -- (要推理 ; 114)
BOD版
ISBN 978-626-7358-11-5 (平裝)

863.57 112018220